KB150675

인생의 절반쯤 왔을 때 꼭 해야 할 것들

인생의 절반쯤 왔을 때 꼭 해야 할 것들

초판 1쇄 인쇄_ 2013년 4월 1일 **| 초판 1쇄 발행_** 2013년 4월 5일

엮은이_ 박창수 **| 펴낸이_** 진성옥 · 오광수 **| 펴낸곳_** 꿈과희망

디자인 · 편집_ 김창숙, 박희진 **| 마케팅_** 최대현, 김진용

주소_ 서울시 용산구 갈월동 101-49 고려에이트리움 713

전화_ 02)2681-2832 **| 팩스_** 02)943-0935 **| 출판등록_** 제1-3077호

http://www.dreamnhope.com **|** e-mail_ jinsungok@empal.com

ISBN_ 978-89-94648-38-5   03810

※ 책 값은 뒤표지에 있습니다.

인생의 **내 인생의 전환점**

절반쯤 왔을 때
꼭 해야 할 것들

박창수 지음

꿈과 희망

인생 2막 디자인을 했는가?

"50대 중반이 넘어 퇴직이 코앞으로 다가오니까 그제야 다급해지더라구요. '나 앞으로 어떻게 살아야 하지?' 라는 생각을 드는 겁니다."

은행에 재직하다가 2년 앞당겨 정년퇴직을 한 후 지금은 중소기업의 영업팀장으로 일하는 H씨의 말이다.

최근 몇 년 간 은퇴를 하고 인생 2막을 준비하거나 이미 잘 펼쳐나가는 시니어들을 많이 만났다. 그들의 말은 한결같았다. 직장생활에 올인하던 시절에는 그날그날 자신이 해야할 일에만 몰두했을 뿐 60대 이후 어떻게 노년기를 보낼 것인가에 대해서는 단 한 번도 생각을 해본 적이 없다는 거였다. 정년퇴직이든 조기퇴직이든 어떤 쪽이든 대다수의 직장인들이 50 중후반에 퇴직을 하는 게 우리의 현실이다.

아직은 일할 수 있는 힘과 열정이 있는데도 딱히 불러주는 직장도 없고 함께 여가를 보내줄 사람도 없다. 휴식을 취하거나 여행과 취미생활을 즐기는 것도 하루 이틀이지 1년, 2년 이어지다보면 삶에 대한 의욕상실로 이어진다. 즐거움도 만족도 보람도 없는 노년기를 맞이하게 되는 것이다. 그때 가서 남은 인생을 어떻게 살 것인가를 고민한다면 '게으른 자가 석양에 바쁘다' 는 말만 듣기 십상이다.

어떻게 해야 할까?

지금 내가 처해 있는 현실에 최선을 다하는 것도 중요하지만 한 번쯤은 인생 2막에 대한 디자인을 해야 한다. 다만 상상이나 기대가 아닌 냉철한 시각에서 미래에 대한 설계를 하는 작업이 필요하다. 건강, 일, 사랑, 휴식 등 노년기에 필요한 여러 가지 요건을 충분히 고려해야 하는 것은 기본이다.

인생의 절반쯤 왔다고 생각한 지금 우리가 무엇을 계획하고 무엇을 하느냐에 따라 앞으로 남은 인생의 절반이 모습을 드러낼 것이다. 이제부터라도 인생 2막의 디자인을 해야 할 것이다.

늙는다는 것, 그것은 '꿈이 후회로 바뀔 때' 라고 한다. 그렇다면 반대로 늙지 않는다는 것은 '후회하지 않고 살 때' 가 아닌가! 다시 말해서 '꿈이 있다면 영원히 늙지 않는다' 는 것이다.

"노후를 위해 저축하면서 왜 영혼을 위한 저축은 하지 않는가?"

어느 날 갑자기 3개월 시한부 암 선고를 받은 미국 KPMG그룹의 유진 오켈리 회장이 53세의 나이로 세상과 이별을 준비하면서 한 말이다.

남은 인생의 절반을 위해 우리가 꼭 선택해야 할 것들이 무엇인지를 이제부터라도 곰곰이 절절한 마음으로 고민해야 한다.

이 책은 100세 시대 50대 이후의 삶을 어떻게 살 것인가에 대한 과제를 놓고 어떻게 준비하고 계획하는 것이 현명한지에 대해 각자의 답을 찾아가는 데 참고가 될 만한 내용들을 다양하게 담아놓았다. 본래 초안은 이미 5년 전 저자가 '브라보 리치 라이프'라는 제목의 책으로 출간되었던 원고로 일부 수정 보완했다.

고령화사회로 접어든 우리 사회는 '노년기 삶'이 화두다. 이 책이 인생 2막을 준비하는 중장년들에게 참신한 조언자가 되었으면 하는 마음이다.

저자 박창수

인생의 절반쯤 왔을 때 꼭 해야 할 것들

차례

들어가기 전에_ 인생 2막 디자인을 했는가?

제1장_ 서로 나누고 함께하라

제2장_ 뜨겁게 당당하게 사랑하라

제3장_ 신나게 놀고 멋지게 즐겨라

제4장_ 건강하게 일하라

제1장

서로 나누고
함께하라

'혼자 가면 빨리 가고, 함께 가면 멀리 간다' 는 인디언 속담이 있다.

인생의 절반까지 달려올 동안 옆도 돌아보지 않고 오로지 성공이라는 목표를 위해 앞으로 달려왔다면 이제부터 살아야 할 남은 인생의 절반은 또 다른 모습의 성공을 위해 함께 나누고 함께하면서 가야 한다. 중년 이후에 가장 두려운 것 중의 하나가 외로움이다. 사업이든 야망이든 쉽게 포기하지 못할 것이다. 이제부터 때로는 포기하고 때로는 새로운 계획을 세우면서 우리는 인생 후반을 멋지게 살아갈 행복 프로젝트를 추진할 때다.

시대의 흐름에
나를 던져라

일이란 기다리는 사람에게 갈 수도 있으나
끊임없이 찾아나서는 사람만이 획득한다.
_ 에이브러햄 링컨

성공신화를 만들어낸 벤처 1세대이자 정도 경영의 대표주자로 잘 알려진 미래산업의 정문술 전 회장은 언젠가 저자와 인터뷰를 하면서 기업을 성공시킨 세 가지 요인으로 조짐을 읽은 것, 틈새를 뚫은 것, 발 **빠르게** 뛰어든 것을 꼽은 적이 있다.

조짐을 읽는 것은 **빠르게** 변하는 세상의 흐름을 파악하고 다가올 미래가 어떻게 펼쳐질 것인가에 대한 감을 얻는 것이다. 감이 오면 그에 맞는 틈새 아이템을 찾아야 한다. 이미 알려진 아이템들은 대기업이나 글로벌기업들이 이미 시장을 독점하고 치열하게 경쟁하고 있는 터라 이 시장에 뛰어들어 경쟁해 봐야 계란으로 바위를 치는 격이 된다. 따라서 상대적으로 경쟁이 적고 개발되지 않은 분야의 시장을 개척하고 발 빠르게 뛰어들어 선점하는 일이 무엇보다 중요하다. 돈이 된다 싶으면 너도나도 따라 붙는 것이 창업 시장의 특성이기 때문에 후발주자들이 따라오지 못하도록 기술적인 노하우를 축적하고 시장을 선점하는 것이 관건이라는 논리다.

유명했던 CEO의 말이어서가 아니라 경제를 조금이라도 아는 사람이라면 정 전 회장이 말한 세 가지 성공요인에 대해 공감할 것이다. 사업을 하든 직장을 다니든 농사를 짓든 이러한 변화의 조짐을 읽어내는 감각, 즉 세상의 흐름 속에서 트렌드를 읽어내는 안목을 길러야 한다. 시대의 흐름과 사회의 트렌드를 읽지 못하면 그만큼 경쟁에서 밀려날 수밖에 없는 것이 냉엄한 현실이기 때문이다.

누군가 "그런 것은 한창 돈을 벌어야 하는 젊은 사람들이나 적극적으로 할 일이지 이제 나이 50 넘은 나에게 무슨 의미가 있겠어?"라고 하는 이가 있다면 그는 분명 퇴직 후 하는 일에서 성공을 이루지 못할 것이다. 남보다 앞서려는 욕심도 없고 파고들려는 적극성도 이미 상실했기 때문이다.

50대에 인생은 다시 시작된다. 앞으로 남은 3, 40년을 위해 제 2의 출발을 해야 하는 시점이다. 따라서 창업, 취업, 취미, 생활 등 모든 분야에 걸쳐 세상 돌아가는 추세를 감지하고 그에 맞게 대처해나가는 것은 지극히 당연한 일이다.

과학기술의 발달과 언론 매체의 증가, 인터넷의 급속한 확산으로 인해 과거와는 달리 다양한 정보들이 다양한 채널을 통해 지나칠 정도로 넘쳐나는 정보의 홍수 시대에 우리는 살고 있다. 마음만 먹으면 누구라도 자신이 원하는 정보를 얻을 수 있고 그 정보를 분석정리하면 시대의 흐름을 쉽게 읽을 수 있다. 실시간 정보를 제공하는 인터넷과 24시간 뉴스 전문채널인 연합뉴스와 같은 매체는 사회 전반의 흐름을 읽는 데 아주 큰 도움이 된다.

전문분야의 정보를 얻고자 할 때는 업종별 협회나 연합회 등의 홈페이지를 들여다보라. 그리고 보다 더 깊이 있는 지식과 정보가 필요할 때는 이들보다 관련 전문잡지나 전문회보를 찾아보는 것이 빠르다.

정보를 발 빠르게 접하는 테크닉 5가지

1. 실시간 뉴스를 제공하는 TV 채널을 하루 한 번은 시청해라

일반방송 TV뉴스나 신문은 인터넷과 전문 뉴스채널에 비해 정보 전달에서 한발 늦다. 따라서 발 빠른 정보입수를 위해서는 실시간 뉴스를 제공하는 TV 채널을 수시로 시청할 필요가 있다.

2. 하루에 두 번은 인터넷 뉴스를 클릭해라

인터넷은 현대인의 필수품이다. 하루에 한두 번은 반드시 인터넷 뉴스를 클릭하여 세상 돌아가는 분위기를 읽어야 한다.

3. 일주일에 한 번은 백화점, 할인점, 재래시장을 둘러보아라

시장은 사회·경제 분위기를 정확하게 읽을 수 있는 교과서와 같다. 어떤 제품에 소비자의 호응이 높고 트렌드는 어떠한가에 대해 쉽게 알 수 있다.

4. 일주일에 한 번은 서점에 나가보아라

서점의 신간코너에는 그때그때 사회·경제적으로 이슈가 되는 내용의 책들이 쏟아져 나온다. 특히 경제 실용서적은 그 대표적인 코너로 이곳에서는 시대의 트렌드를 파악할 수 있다.

5. 온·오프라인 모임에 적극 참여해라

사람들과의 대화에 참여하는 것이 정보입수의 지름길이다. 특히 전문분야의 경우 마니아들이 모이는 동호회나 단체에 가입하여 활동하면 좋다.

액티브 시니어로
다시 태어나라

나약한 마음, 게으른 심성, 부정적인 습관은
자신의 운명과 대인관계를 막는다
_ 세네카

'100세 시대'라는 말이 보편화되어 가고 있는 만큼 이제는 노년기에도 자신의 열정을 불사르고 엔돌핀이 솟아나게 해주는 그 무언가를 해야만 삶이 즐겁고 건강도 챙길 수 있다. 그렇다면 노년기를 멋지게 보내기 위해서 일, 사업, 취미, 봉사 등등 무엇이든지 과거 자신이 꿈꾸었지만 못했던 것들을 찾아서 실행으로 옮겨야 한다. 꿈을 이루기 위해서는 머뭇거리지 말고 일단 뛰어들어야 한다.

이같은 트렌드에 따라 요즘 들어 체력적으로는 30대 40대 같은 60대 70대들이 늘고 있다. 취미생활을 즐기면서 건강한 체력 만들기에 주력하는 시니어들이 부지기수다. 마라톤을 완주하고 산악자전거를 즐기는 등 다양한 스포츠를 통해 근육질 몸매를 자랑하는 시니어들을 쉽게 찾아볼 수 있다. 먹고 사는 일이 급급해 젊은 시절을 오로지 일만 하며 보낸 시니어들의 입장을 감안하면 박수를 쳐주어야 할 일이다. 다만 아쉬운 점이 있다면 몸은 액티브 시니어인데 마음은 그러하질 못하다는 것이다.

시니어 전문가들은 노년기에는 과거 오랫동안 다져온 자신들의 전문가로서의 노하우를 사회에 풀어놓는 것이 아주 좋은 일이고 설령 사회에 환원할 전문적인 노하우가 없다할지라도 봉사활동에 참여하는 것만으로도 액티브 시니어로서 아주 값진 인생을 보내는 것이라고 말한다. 시니어 방송 프로그램 '이지연의 출발 멋진 인생'을 9년째 맡아 진행하면서 몸과 마음이 건강한 장년·노년 문화의 붐을 이끌고 있는 방송인 이지연 아나운서는 인생 2모작 성공인물들의 스토리를 담은 책 '우리 다시 시작이다'에서 이렇게 조언한다.

"액티브 시니어들의 시대가 올 것이라고 본다. 정년이 없어지고 각계 각 분야에서 근육질의 체력을 자랑하는 건강한 장년, 노년들의 활약이 두드러질 것이다. 몸과 마음 모두가 탄탄한 근육으로 다져진 장년, 노년들의 모습은 생각만해도 멋진 일 아니겠는가."라고. 또 그는 어른일수록 큰 그릇이 되어야 한다는 것을 강조하면서 작은 그릇은 큰 그릇을 담을 수 없으니 당연히 큰 그릇이 작은 그릇을 담아야 한다고 전한다. 아직도 권위의식을 버리지 않은 장년, 노년층이 있다면 하루빨리 벗어던지고 액티브 시니어로 다시 태어나라고 한다.

고령화사회에 돌입한 요즘 노년기를 맞이한 시니어 세계에서는 전에는 볼 수 없었던 새로운 변화들이 다양하게 일어나고 있는 중이다. 인생 2막 성공을 위해 공부, 창업, 취미, 봉사, 귀촌, 스포츠 등 다양한 분야로 은퇴한 시니어들이 앞다퉈 뛰어들고 있다. 이들 중 혹자는 시대 변화에 잘 적응하면서 매사에 긍정적인 마인드와 개방적이고 합리적인 사고를 취하기도 한다. 또 젊은층도 부러워할 정도의 열정을 불사르면서 액티브 시니어의 주인공이 되는 이들도 적잖다. 하지만 체력은 젊은이들 못지않게 건강하지만 사고는 여전히 권위주의적인 이들이 적잖다. 가정이나 사회에서 나이나 지위를 내세우면서 젊은 세대들과의 갈등거리를 만들어내기도 한다. 몸은 청춘이지만 마음은 여전히 노인의 세계에서 벗어나지 못하는 것이다.

나이가 들면 존경받는 어른으로 남아야 한다. 존경을 받으려면 먼저 모범이 되어야 한다. 말 한마디 행동 하나하나 아랫사람들이 보고 배울 수 있도록 솔선수범하면서 시대 변화에 보폭을 맞추는 노력이 필요하다. 시대는 지속적으로 변하고 있다. 사회 문화적 환경에 맞게 배울 것은 배우고 접할 것은 접하면서 사는 게 시대와의 소통이다. 이를 테면 현시대에는 컴퓨터가 모든 분야에서 활용되는 만큼 기초활용법 정도는 배우는 게 현명한 선택이다. 또 한 가지 언제 어디서 누구와 만나든 먼저 자신을 상대의 눈높이에 맞춰주는 배려의 힘이 있어야 한다. 세상 모든 사람은 다 제각각이다. 그러니 살아온 인생도 성격도 경제상태도 다를 수밖에 없다. 내 상황 내 기준에만 맞추려고 한다면 상대와의 소통과 융화를 이룰 수 없다. 먼저 상대의 눈높이에 맞춰줄 때 노인이 아닌 한 사람으로서 인정받고 존경받게 된다.

웰빙시대인 요즘 장년, 노년층의 화두는 단연코 건강이다. 건강한 육체를 위해 노력하는 것은 당연하다. 다만 육체적 건강만 추구하지 말고 마음의 건강도 함께 챙겨야 한다. 몸과 마음의 근력을 동시에 키우는 시니어야말로 진정한 액티브시니어로 거듭 태어나는 길이다.

자신의 능력에 자부심을 가져라

자기 신뢰가 성공의 제1의 비결이다.

_랄프 왈도 에머슨

"당신들은 지금 무엇을 하고 있습니까?"

땀을 흘리며 벽돌을 나르고 있는 세 명의 벽돌공에게 나그네가 물었다. 쌀쌀한 날씨임에도 그들은 쉴 틈도 없이 부지런히 벽돌을 날라다가 벽을 쌓고 있었다.

첫 번째 벽돌공이 이렇게 대답했다.

"벽돌을 쌓고 있어요."

두 번째 벽돌공이 대답했다.

"시간당 9달러 30센트짜리 일을 하고 있어요."

세 번째 벽돌공은 이렇게 대답했다.

"나는 지금 세계 최대의 성당을 짓고 있어요."

데이비드 슈워츠가 그의 책 『크게 생각할수록 크게 이룬다』에 소개한 이이야기는 비록 그 벽돌공들이 훗날 어떻게 되었는지 말해 주지는 않지만 우리는 그들의 미래를 충분히 예측할 수 있다. 작업에 임하는 세 명의 벽돌공에 대한 얘기는 우리에게 일에 대한 자부심이 얼마나 중요한지 생각해 볼 수 있게 한다. 어떤 일을 하든 자신의 일이 매우 중요하다는 것이다.

20년 넘게 직장생활을 했는데 막상 현실을 보니 자신의 모습이 너무도 초라해 보인다. 한때는 능력을 인정받아 경쟁사로부터 스카우트 제의를 받기도 했는데, 차장, 부장으로 올라서면서 실무에서 손을 떼고 관리에 신경을 쓰다 보니 예전에 갖고 있던 실무지식조차 기억나지 않는다. 게다가 예전과는 달리 대부분의 업무가 컴퓨터로 이루어지다 보니 뭐가 뭔지 알 수가 없다. 2~3년 후에 50대가 된다는 생각을 하면 그야말로 힘이 쭉 빠진다. 이러다 직장을 그만두면 어떻게 살지 막막하기만 하다.

지금 기업에 재직 중인 4, 50대 간부와 임원들의 초상이다. 특히 전문직이 아닌 일반관리직이나 영업직에서 승진한 경우라면 더더욱 그렇다. 2, 30대 시절에는 전문분야가 아닐지라도 크게 두려울 것이 없었고 무엇이든 맡겨주면 남다른 성과를 낼 만큼 열정도 패기도 있었다. 또 무엇이든지 할 수 있을 것 같은 자신감도 있었고 자신의 능력을 인정받기 위해 최선을 다해 노력하기도 했다. 그런데 중년의 막바지에 이른 지금 자신도 모르게 흘러간 세월은 새로운 도전이나 독립에 대한 의욕은 물론이고 일과 능력에 대한 자부심마저 앗아가 버렸다.

친구 중에 중소기업 부장인 B라는 친구가 있다. 그를 두고 주변 친구들이나 선배들은 '70이 되어도 자신 있게 일을 할 사람'이라고 말한다. 워낙 부지런한 성격인 데다 어떤 일을 하든 자기 일에 대한 자부심이 대단하다. 언젠가 북디자이너인 한 친구가 "총무과 일도 전문직이냐? 그거 누구나 앉혀 놓으면 다 할 수 있는 일 아니야?"라고 했다가 호되게 당한 적이 있다. B는 북디자이너인 친구에게 아주 자신 있게, 그러면서도 차분하게 대응했다.

"너, 퇴직금 산정 기준 알아? 폐기물 처리할 때 어떤 절차를 거쳐야 하는지 알아? 해외 특허와 인증에 대해서는 얼마나 아는데? 알면 자신 있게 설명해 봐. 나는 이런 것쯤은 기본으로 알고 있거든. 그게 총무과 부장 능력이다. 다른 사람의 일에 대해 자세히 알지도 못하면서 무시하는 것은 교양 있고 능력 있는 전문가가 할 일이 아니지."

만일 B가 "그렇지 뭐. 총무과 업무야 이것저것 잡다하니까. 사실 특별히 어려운 것도 없어."라고 말했다면 주변 사람들은 그가 정말로 잡무를 하는 것으로 여겼을 것이다. 그리고 자신의 일에 자부심이 없는 사람에게서 일에 대한 만족감을 기대하기도 어렵다.

사회생활을 20년 이상 했다면 어떤 분야든 잘할 수 있는 일이 한 가지 이상은 있을 것이고 능력을 발휘할 수 있는 분야가 있기 마련이다. 정말로 중요한 것은 그것을 찾아내고 시간과 정성을 들여 계발하는 일이다.

50대에도 취업을 하기 위해서는 면접을 봐야 한다. 이때 자신은 아무런 능력도 없는 사람이며 그래서 자부심도 없다고 말할 것인가? 창업을 할 때도 마찬가지다. 택배지점을 내고 싶어 본사를 방문했을 때 담당자와 미팅 시 "이런 사업은 아무나 하는 거니까 그냥 한번 해보려고요."라고 말한다면 어떻게 될까?

돌아가야 한다. 무엇이든 할 수 있다는 각오가 되어 있던 20대의 패기와 자신감, 자부심으로 똘똘 뭉쳐 있던 30대 시절로. 그 열정과 자부심 속에 자신의 미래를 만들어갈 힘이 있으며, 인생 후반부를 만들어 갈 수 있는 잠재능력이 숨어 있는 것이다.

성공한 사람에게서
배워라

뛰어난 말에도 채찍이 필요하다.
_ 유태인 격언

미국의 경매사이트 이베이에서 진행된 워렌 버핏과의 점심 경매가 62만 1백달러, 우리 돈으로 약 6억 원에 낙찰됐다는 뉴스가 보도돼 세계의 이목을 집중시킨 적이 있다. 보통 사람들의 상식으로는 이해가 가지 않는 일이지만 다른 한편으로 생각해 보면 성공한 사람에게 거금을 주고라도 배우려는 낙찰자의 의지만큼은 높이 살 만하다.

'날 때부터 세상 살아가는 지혜를 다 알고 나온 사람은 없다'고 했다. 인간은 살아가면서 많은 것을 배우고 알게 된다. 그 과정에서 성공도 있고 실패도 있으며, 그것을 계단 삼아 더 큰 성공을 목표로 도전하는 이도 있고 좌절하는 이도 있다. 성공에는 반드시 대가가 따르기 마련이다. 그것이 물질적인 것일 수도 있고, 미래의 목표를 위해 현재의 안락함을 미루는 것일 수도 있다. 기회가 왔을 때 그것을 자기 것으로 만들 준비가 되어 있는 사람만이 성공할 수 있는 것이다.

또, 성공은 혼자만의 노력으로는 이루어지지 않는다. 풍부한 경험과 정보, 주변사람들의 도움, 그리고 자발적인 노력 등 다양한 요인에 의해 만들어진다. 한 분야에서 큰 성공을 이룬 사람들의 지나온 시간들에는 공통적으로 이러한 과정이 숨어 있다. 그래서 그들의 성공 이야기를 통해 우리는 많은 것을 배울 수 있으며 자신의 성공 의지를 다지는 기회가 되기도 한다.

한 외국계 호텔 J이사의 예이다. 그는 회사의 최고책임자로 일한 적은 없다. 하지만 40대 중반 이후 부장, 이사 등으로 승진하면서 조직을 이끌어갈 능력과 부하직원을 잘 관리하기 위해 꾸준히 자기계발을 하고 있다. 그는 자신의 능력을 끌어올리기 위해서는 성공한 인물들의 리더십과 경영철학 등을 배워야 한다는 생각으로 올해로 5년째 리더십 모임에 참석하고 있다. 그 모임에서는 기업체 CEO와 임원, 간부들이 한 달에 두 번씩 모여 토론하고 공부한다. 모임을 통해 그는 국내외 성공한 경영자들의 장점들을 배우려고 노력하며, 그들과 교류하면서 인적 네트워크를 넓혀가고 있다.

식품유통 중소기업을 운영하는 E사장은 자수성가한 사람인데 그가 가장 좋아하는 TV 프로그램은 성공한 사람들의 삶을 소개하는 코너라고 한다. 유명 기업인들이나 한 분야에서 성공적인 삶을 살아온 사람들의 고난과 역경, 인내의 과정을 보면서 자신의 삶과 경영에 접목시키고자 노력을 기울인다고 한다. 또 E사장은 서점에 나갈 때마다 기업인들의 자서전이나 성공스토리를 엮은 책을 매번 한 권씩 사온다. '모방이 창조를 낳는다'는 말처럼 성공한 사람들의 경영전략과 삶을 모방하는 과정에서 자기만의 독특한 경영전략을 만들 수 있다고 생각하고 있다.

부모들이 어린 자녀들에게 위인전을 읽히는 이유 또한 마찬가지다. 먼저 태어나 많은 업적을 남기며 삶을 뜻있게 살다 간 인물들의 이야기를 읽게 되면 보다 의미 있는 자신의 인생 목표를 세우고 추진하는 데 실질적인 도움이 되기 때문이다.

사람들은 저마다 인생 계획과 전략을 세우고 그것을 유지하고자 노력한다. 하지만 자기중심적인 사고가 지나치게 강한 이들의 경우 간혹 문제를 낳는다. 그들은 자기 생각이 정답이고 가장 합리적이라고 착각을 한다. 사전에 자신보다 앞서 성공을 이룬 사람들의 경험을 통해 배우고 계획을 세웠다면 분명 문제를 더 쉽게 해결할 수 있는 일도 자기 고집만 내세우다가 낭패를 겪는 경우가 많다.

나이가 들었다고 해서 세상 모든 것을 다 아는 것은 아니다. 때문에 70세가 넘어도 책을 읽으며 성공한 사람들의 집념과 노하우를 존중하고 배우는 것이다. 성공한 이들의 노하우를 배울 수 있는 곳은 방송이나 출판물, 인터넷 외에도 찾아보면 수도 없이 많다.

그 중의 하나로 여러 가지 모임을 들 수 있다. 성공을 꿈꾸는 사람들의 전문적인 학습 모임이 아니더라도 자신과 다른 분야에서 일하는 다양한 사람들을 만나는 것이 좋다. 나와 다른 세계에서 일하는 이들의 이야기에서 나오는 다양한 정보와 그들의 삶 속에서 끌어낼 수 있는 노하우가 있기 때문이다. 또한 세계적인 석학이나 전문 경영인, 그리고 한 분야에서 성공을 거둔 사람들이나 유명 강사들이 하는 강연도 성공을 위한 전략이나 구체적인 방법 등을 배울 수 있는 기회가 된다. 하지만 가장 중요한 것은 배우고자 하는 열정과 배운 것을 한 가지씩 자신의 것으로 만들려는 실행력이다.

버릴 것은
미련없이 버려라

아무것도 버릴 수 없는 자는 아무것도 느낄 수 없다.

_ 니체

이제 막 50대로 접어든 지인에게 이런 질문을 한 적이 있다.

"50대가 되니 어떤 것들을 가장 진지하게 고민하게 되던가요?"

그는 말했다.

"아쉬움과 조급함이 동시에 몰려오더군. 욕심이 많아서인지 하고 싶은 것도 많고, 하다가 그만둔 것도 많은데 이제 시간이 별로 없구나 하는 생각이 절실해지더라고. 하지만 나는 결정을 내렸지. 포기할 것과 포기하지 말아야 할 것을 냉정하게 판단한 거지. 앞으로 남은 시간 동안 하기 힘든 일과 노력할 가치가 없는 일은 다 잊어버리기로 했네. 그러니까 마음이 편해지더군."

그는 충분히 할 수 있는데도 일찌감치 포기하는 것은 아름답지 못하고 비겁한 일이지만, 시간만 낭비되고 불가능하다고 생각되는 일을 미련없이 접는 것은 현실적이고 합리적이며 남은 인생을 좀더 알차게 살 수 있는 길이 아니겠느냐고 했다. 그의 말을 몇 번이고 곱씹어 봐도 현명하고 옳은 판단이라는 생각이 든다.

또 다른 예로 40세에 부장으로 승진했으나 그 이상은 오르지 못한 50세의 만년 부장이 있다. 20년 넘게 청춘을 불사른 직장에서 특별한 대우도 받지 못하고 떠나는 것이 싫어서, 아니 억울해서라도 정년퇴직 때까지 꿋꿋하게 버티겠다고 생각한다는 것이다.

그렇지만 그는 분명 생각을 잘못하는 것이다. 남은 10년간 직장을 계속 다닌다면 특별한 성과 없이도 월급을 받게 되고 지금보다 더 많은 퇴직금을 받을 수는 있겠지만, 그는 6, 70대를 위한 구체적인 준비의 시간을 갖지 못할 것이다. 게다가 남은 기간 동안 직장을 다니면서 받게 될 정신적 스트레스를 생각한다면 마냥 버티기만 할 일은 아니다.

'박수 칠 때 떠나라'는 말도 있듯이 추레한 뒷모습을 보이지 않으려면 떠날 시점을 잘 선택해야 한다. 열정을 불사르는 것은 아름다운 일이지만 그것은 일에서의 만족과 성과가 있을 때의 얘기다. 자신이 처한 현실을 냉철하게 판단하고 앞으로의 시간을 준비하는 것, 그것이 현명한 자의 선택이다.

미국의 작가인 루이 라무르는 '모든 것이 끝이라고 여겨지는 순간이 있다. 그때가 곧 시작할 때이다'라고 말했다. 삶은 연극과 같아서 1막이 끝나면 2막이 시작된다. 그것으로 충분하지 않다고 생각하는 사람은 스스로 3막 그리고 4막의 인생을 펼치기도 한다.

예전에는 직장을 물러남과 동시에 우리의 삶도 거의 종착역으로 달려가는 것을 받아들였다. 특히 가족보다 일을, 가정보다 회사를 최우선으로 살아온 이 땅의 50대에게는 직장을 그만두는 것에 대한 불안이 유난히 강하다. 그러나 직장을 그만두는 것은 어쩌면 또 다른 하나의 시작일 수 있다. 사업이든 야망이든 사람들은 쉽게 포기하지 못한다. 미련과 아쉬움 때문에, 주변 사람들의 눈치 때문에, 자존심 때문에 그렇다. 젊은 시절에 '포기'라는 단어는 금물이었지만 50세가 넘어서면 현실을 직시하고 어느 정도 포기하면서 새롭게 자신을 바꿔 볼 필요가 있다.

화려한 과거는
백지장처럼 잊어라

우리는 똑같은 강물 속에 두 번 들어갈 수가 없다
_ 헤라클레이토스

한 음식점 체인 본부의 사장을 만나 인터뷰를 하던 중 체인 사업에서 가장 힘든 일이 무엇인가를 묻자 의외의 대답이 나왔다.

"남편들의 태도를 고치는 것이 가장 힘들지요. 부부가 함께 체인점을 내려 할 때 여자들은 비교적 빨리 적응합니다. 대기업 임원 사모님이었다 하더라도 일단 음식점을 시작하면 힘든 주방 일도 열심히 하고 적극적으로 배우려고 하지요. 하지만 남자들은 쉽지 않더라고요. 60세가 넘은 나도 새 매장을 개점할 때는 찾아가서 앞치마 두르고 서빙 도와주고 음식도 함께 만드는데, 그 사람들은 가장 쉬운 인사도 제대로 못한단 말입니다. 왜 그런 줄 알아요? '내가 그래도 대기업 상무였는데……', '한 달에 몇 십억 매출

올리는 중소기업 사장이었던 내가 어떻게……' 라는 생각을 버리지 못하기 때문입니다."

음식점을 개점해 놓고도 "내가 왜 앞치마를 입어?"라고 화를 내거나 심지어 손님들한테 인사도 하지 않으려는 사장이 한둘이 아니란다. 고객이 "아니, 이 집 음식은 왜 이렇게 맛이 없는 거야!"라고 할 때 "먹기 싫으면 다른 집에 가서 먹어요. 나도 한때는 당신보다 더 돈 많이 벌고 인정받는 대기업 연구원이었어요. 사람 우습게 보지 말고 나가요!"라며 화를 내고 받아치는 사장도 있다고 한다. 이들의 머릿속은 화려했던 과거에 머물러 있다.

그런 사람들을 만나면 더 도와주고 싶다가도 그럴 생각이 없어진다고 한다. 그래서 요즘은 아예 부부 둘 다 앉혀놓고 서비스 실천에 대한 다짐을 받은 후에야 체인점 계약을 해준단다.

누구에게나 젊은 시절, 잘 나가던 시절은 있다. 회사를 이끌며 사장님으로 불리던 때, 학교에서 수백 명을 가르치며 존경의 대상이 되었던 때, 직장에서 '상무님', '이사님' 소리를 들으면서 고개 숙이는 일없이 지냈던 날들이 있었다.

하지만 중요한 것은 현실이다. 바로 '지금 나는 어디에 서 있는가?'를 인식하는 것이 중요하다. 현재 자신의 자리가 어디인지를 인정하지 않고 과거에만 집착한다면 50대에 시작하는 새로운 직업이나 사업은 100퍼센트 실패한다. 음식점을 차렸을 때 고객은 당신이 예전에 어느 그룹 상무였다는 사실을 알지도 못하거니와 설령 안다 하더라도 그것은 그 고객에게 중요한 일이 아니다. 당신을 음식점 사장 그 이상으로도 이하로도 보지 않는다. 당신이 밝은 인상으로 서비스하고 음식 맛이 좋으면 그는 다시 찾아올 뿐이다. 당신이 친구와 공인중개사무소를 차려놓고 고객을 맞이할 때도 마찬가지다. 고객은 당신을 통해 좀더 좋은 집을 싸게 구입하길 원할 뿐이다. 당신이 40대 때 국가공무원 3급이었다는 사실은 그에게 아무런 의미가 없다.

호프집 사장이라면 손님들에게 늘 웃는 얼굴로 대하면서 신선한 맥주를 제공하고, 안주는 깔끔하고 정성들여 만들어 제공해라. 그리고 고객들의 취향을 살펴 그에 맞는 분위기의 음악을 들려주어라.

과거 따위는 추억 속에, 앨범 속에 묻어두어야 한다. 과거를 떠올리기보다는 현실을 직시하면서 현재의 자신에 충실해라. 당신이 어떤 일을 하는지 당신의 일에 최선을 다할 때 고객들은 당신을 점포 사장님으로서 존중해 줄 것이다. 그리고 더 나아가 친분관계가 형성되어 당신의 화려했던 과거를 자연스럽게 알게 된다면 오히려 그때 당신의 열정적 삶에 감동하게 될 것이다.

사업을 하든 취업을 하든 때로 힘이 들고 자존심이 상하는 일이 생기더라도 현재 자신의 모습에서 행복을 찾아라. 이루고자 하는 꿈과 목표가 분명한 사람은 자존심 정도는 버릴 수 있고 늘 즐겁게 미소 지을 수 있다. 하는 일 없이 등산을 다니거나 갈 곳이 없어 종묘공원에 모여 서성이는 이들, 그리고 경로당에 나가 바둑이나 두는 이들을 생각해 보면 목표를 갖고 일을 할 수 있는 지금 자신의 모습이야말로 얼마나 떳떳하고 자랑스러운지 알 수 있을 것이다.

점포 창업할 때 가져야 할 자세

1. 늘 배우려는 자세로 임해라

특히 자신이 일해 온 전문 분야가 아니라면 창업 전에 먼저 배워라.

2. 창업 비용은 신중히 투자해라

창업 비용은 노후 생활자금을 감안하여 책정해야 한다.

3. 지시형 말투나 행동을 버려라

특히 사장, 군인, 교사, 기업 간부, 고급공무원 출신일 경우 더욱 조심해야 한다.

4. 투철한 서비스 정신을 가져라

남녀노소 불문하고 누구에게나 똑같이 친절하게 서비스한다는 정신으로 무장해야 한다.

5. 늘 웃음 짓는 친절한 인상을 유지해라

몸만 굽힐 것이 아니라 얼굴 표정도 부드럽고 밝게 유지해야 한다. 안 되면 거울을 보고 연습을 하는 노력이 필요하다.

6. 사장이 가장 적극적으로 움직여라

직원에게 맡기고 매일의 매상만 확인할 생각이라면 아예 창업하지 않는 편이 낫다.

나이라는 숫자
운운하면 바보다

내가 처한 모든 땅에서 내가 당한 모든 일을 할 수 있도록 최선을 다해라.
_ 마틴 루터

"내 나이 마흔일곱이야. 이 나이에 누가 나를 직원으로 써주겠냐?"라고
말한다면 그 사람은 영원히 새로운 직장을 찾을 수 없을 것이다. 자신의 나
이가 많아서 받아줄 곳이 없다는 생각을 하는 것은 그만큼 스스로에게 자
신감이 없다는 것이다. 어떤 사장이 자신감 없는 사람을 직원으로 쓰겠는
가? 40대든 50대든 아니, 60대가 되었어도 "할 수 있습니다. 일을 맡겨만
주십시오."라며 이력서를 당당히 내놓을 수 있는 사람만이 새로운 일자리
를 구할 수 있다.

우리나라 사람들은 유독 나이에 많은 신경을 쓴다. 처음 만난 사람에게도
가장 먼저 나이를 묻고 어떤 일을 할 때도 나이는 비중 있는 변수가 된다.

"내 나이 사십인데 무슨 대학을 가?", "내일모레면 환갑이야, 그 나이에 무슨 직장을 찾아?"라고 하거나 "이제 나이 삼십밖에 안 된 주제에 국회의원은 무슨……." 하는 식으로 하나같이 나이 타령을 한다. 나이가 많아서 안 되는 일도 많고, 너무 적어서 안 되는 일도 많다.

그러나 달라져야 한다. 무슨 일을 하는 데 있어 나이는 별로 중요하지 않다. 자신이 정말 하고 싶은 일이 있다면 나이는 문제가 되지 않는다. 자신에게 주어진 기회를 놓치지 않기 위해 심혈을 기울이는 것이 진짜 중요하기 때문이다. 나이 대신 자신이 하고자 하는 일이 얼마나 재미있는지를 생각하는 것이 좋다. 즐거워서 하는 일은 그만큼 성공 확률도 높아진다.

나는 직업상 성공한 기업 회장들의 자서전 집필을 도와줄 기회가 많았다. 그때마다 60대 후반에서 70대 초반의 회장들은 하나같이 이런 말을 했다.

"나이란 중요하지 않다. 두 눈을 감는 날까지 내 나이가 몇 살이라는 생각은 하지 않을 것이며 어떤 것이든 하고 싶은 일이 있다면 최선을 다할 것이다."

그들이 들려준 많은 얘기 중에서 가장 가슴에 와 닿았던 말이다. 그들에게는 나이쯤은 뛰어넘어 버리는 열정이 있었기에 성공도 뒤따른 것이 아닐까 싶었다.

2006년 동아마라톤대회에서 20킬로그램 배낭을 메고 풀코스를 완주한 사람이 있다. 주인공은 57세의 금형기술전문가이자 아마추어 마라토너 조의행 씨였다. 조 씨는 마라토너들 사이에서는 잘 알려져 있는 인물이다. 풀코스 마라톤 30여 회, 철인 3종경기 4회 완주 기록을 지닌 그는 마라톤대회에서 짚신을 신고 달리기도 하고, 1년 365일 하루 세 시간씩 달리기를 하여 기네스 기록에도 도전하는 등 달리는 것에 관한 한 남다른 이력을 지녔다. 그에게는 하나의 다짐이 있다. 환갑 전에 에베레스트 산을 정복하는 것이다. 이를 위해 요즘도 매일 새벽 두 시간씩 달리기를 하고 있다.

나이를 잊고 사는 사람들! 그들은 자신에게 새로운 체험과 도전의 기회가 주어진다면 늘 감사할 따름이라고 말한다. 지금껏 살면서 해보지 못했던 것들, 느껴보지 못했던 것들을 접할 수 있는 기회가 주어진다는 그 자체만으로도 행복하고 사는 기쁨을 느끼기 때문이라는 것이다.

취업할 때 고려해야 할 점

1. 과거 자신의 수입에 집착하지 마라

소득은 보통 일정 나이를 정점으로 꺾이기 때문에 취업 희망자는 돈보다는 일할 수 있다는 것 자체를 즐겁게 여겨야 한다.

2. 나이 어린 상사에게도 복종할 자세를 갖추어라

취업을 하면 상사들의 대다수가 자신보다 나이가 젊은 사람들이다. 과거의 자신을 버리고 그들과 융화할 수 있어야 하며 상사로 인정할 수 있어야 한다.

3. 새로운 분야일 경우에는 건강을 고려해라

과연 2, 30대만큼 열정적으로 일을 할 수 있는가, 체력은 문제가 없는가에 대해 스스로 답변을 내린 후 결정해야 한다.

4. 화려한 경력과 학력은 단점이 될 수 있다는 점에 유의해라

면접관이 부담을 가질 정도의 경력과 학력은 취업할 때 감점 요인이 된다. 이런 경우 학력과 경력을 프로필에 다 쓰지 않는 것이 좋다. 무엇보다 중요한 것은 취업하고자 하는 의지인 만큼 면접관에게 자신의 뜻을 강하게 전달해야 한다.

젊은층과
소통해라

성공의 비결이 있다면
그것은 타인의 입장이 되어서 모든 것을 생각하는 것이다.
_ 헨리 포드

시니어전문가들은 나이가 들수록 자신보다 아랫사람인 인생의 후배들과 호흡하는 시간을 자주 갖는 것이 보다 젊고 즐겁게 사는 좋은 비결이라고 말한다. 젊은층과 함께 어울리면 무엇보다도 분위기 자체가 활력 넘치기 때문에 몸과 마음이 즐겁고 대중문화의 주인공인 젊은층의 사고에 대한 이해도가 높아져 어느 공간에서든지 다양한 사람들과의 소통이 잘 이루어진다는 것이다. 비단 젊게 살기 위한 하나의 방법이 아닐지라도 나이가 들수록 자신보다 나이 어린 친구나 지인들이 많아야 하는 분명한 이유가 있다. 나이 들면 친구나 선배들이 하나둘씩 떠나면서 그만큼 인간관계의 폭도 자연스럽게 줄어들고 이는 활동 영역이 좁아지는 쪽으로 이어진다. 주변에 사람이 없으면 노인 3고(三苦, 빈곤, 질병, 고독) 하나인 고독 속에 빠져들고 건강은 우울증이나 무기력증으로 이어지면서 심지어는 치매로도 악화된다.

은퇴 후 마땅히 하는 일 없이 휴식을 취하는 이들에겐 사람을 만나는 그 자체부터가 과제다. 직장생활을 하거나 사회활동에 적극적인 사람이라면 자연스럽게 자신보다 젊은층과 어울릴 수 있는 기회가 많지만 활동영역이 가정이나 지역에 국한되어 있는 입장이라면 사람들과의 만남 또한 한계가 따를 수밖에 없다. 그나마 다행스러운 것은 과거의 경우 향우회, 동문회 같은 모임이 아니고서는 시니어들이 젊은층과 어울릴 수 있는 기회가 적었지만 최근 들어서는 레포츠를 비롯한 취미생활의 다양화에 따라 사회인 동호회의 유형과 수가 급격히 증가하고 있는 것이다. 마음만 먹으면 연령, 성별, 학력, 직업 등의 제한이 없어 해당 분야에 관심있는 사람이라면 누구나 동호회 활동 참여가 가능하다. 때문에 지역의 조기 축구 같은 모임에서는 70대 시니어가 손자뻘 되는 20대와 함께 운동을 즐기는 것을 쉽게 볼 수 있다. 나이를 떠나 좋아하는 공통분모에 하나가 되어 함께 뛰고 소리치며 웃고 즐기는 이런 모습은 누가 보아도 아름다운 광경이다.

현대인의 성공인생을 이끄는 화두는 소통이다. CEO, 정치인, 학자, 가장 그 누구를 막론하고 자신의 주변사람들을 비롯해 활동 영역에 미치는 모든 사람들과의 원활한 소통은 필수다. 시니어 인생 역시 소통이 잘 이루어질 때 주변에 사람들이 꼬이고 그들과 함께 시간을 공유하는 가운데 젊고 건강한 삶을 유지하게 된다. 그러나 소통이 누구에게나 쉽게 이루어지는 것은 아니다.

우리 사회는 산업사회에 이어 정보화사회로의 발전이 불과 30여 년 사이에 급속도로 진행되면서 최근 들어 유독 세대간의 갈등이 많이 나타나고 있다. 이런 세대간의 갈등의 골이 깊어지다 보면 사회문제가 되고 이와 관련된 사건들도 왕왕 일어나게 된다. 세대간의 문화나 의식차이로 인해 젊은층과 중장년층 또는 노년층과의 시비나 싸움이 자주 발생하고 있다. 특히 지하철이나 공공장소에서 젊은층이 노인들에게 심한 욕설과 폭언을 하거나 폭력을 가해 충격을 주면서 "동방예의지국은 어디로 갔나?", "분통이 터진다." 이런 말까지 나오고 있다. 소통이 제대로 이루어지지 않아서 발생하는 일들이다.

세대간의 갈등의 골이 깊어지는 것은 그 세대의 단점이 많고 잘못되어서가 아니라 서로 이해와 양보가 부족해서다. 서로가 살아온 시대적 특징을 이해하고 서로의 장점을 치켜세워주고 단점은 잘 개선할 수 있도록 이끌어주고 이해하면 세대간의 의식과 문화의 격차나 갈등은 빨리 줄어들 수 있다.

'통(?)하려면, 세대의 특징 먼저 알아라'는 말이 있다. 나이 차이, 세대 차이가 있더라도, 어차피 함께 일하고, 함께 문화를 공유해야 하는 게 사회생활이다. 이 때문에 기업이나 사회단체, 동호회 같은 조직에서는 허심탄회하게 서로 각자가 지닌 의식이나 문화에 대한 토론을 하고 서로의 간격을 좁혀가는 추세다. 사실 젊은이라고 해서 다 과격하거나 버릇없는 것도 아니고, 세대가 다르다고 해서 말이 통하지 않는 것은 아니다. 특히 기성세대라고 해서 다 고지식하고 일방적인 것은 아니다. 서로 이해하고 양보하는 가운데 간격을 좁혀가다 보면 문제는 해소될 수 있다. 먼저 각 세대별로 특징이나 의식 차이 등을 알고 이해하게 되면 갈등은 줄어들고 소통은 원활해진다.

지금 우리 사회의 구성원들은 크게 4개 층의 세대로 구분할 수 있다. 이를 테면 보릿고개를 경험한 50대 후반 이상의 유신세대, 민주화를 위해 시위를 하던 40대 중반부터 50대 중후반의 386세대, 그리고 86아시안게임 88올림픽을 보면서 소위 '88 꿈나무'로 통하던 30대 초중반부터 40대 중반까지의 신세대, 그리고 10대, 20대, 나아가서는 30대 초반까지의 피자와 모바일 인터넷 문화에 길들여진 M세대 이렇게 구분된다. 우리나라가 워낙 급속한 경제성장과 격정의 세월을 지나오다 보니 10년, 15년 차이지만 사람들은 제각각 다른 문화와 다른 사고로 성장한 것이다.

시니어들이 세대차이를 극복하고 소통하기 위해서는 자신보다 젊은세대에 대한 이해가 무엇보다 중요하다. '저 사람은 나와 세대가 달라서 이해할 수 없어'가 아니고, '아, 저 사람은 이런 세대에 살았기에 이러한 성향을 지니고 있고, 이런 문화를 즐기는구나'라고 일단 인정하고 이해해 주어야 한다. 다음은 상대의 장점을 찾아내서 높이 평가하고 융화하는 것이다. 이를테면 M세대나 신세대 젊은층의 개성과 뛰어난 IT활용 능력을 칭찬해 주고 인정해 주고 또 가능한 한 그들과 같이 즐기고 어울리려고 노력해야 한다.

사람들과 쉽게 어울리지 못하고 노년기를 쓸쓸하게 보내는 사람들은 말한다. "초등학교 동창 마흔 명 중 열여섯 명이 떠났어."라고. 늙어가는 것에 대한 아쉬움을 토로하기보다는 사람들과의 소통에 적극적인 입장을 보이는 시니어가 건강하고 즐거운 멋진 인생을 사는 주인공이라는 사실을 명심할 필요가 있다.

세대별 특징

1. 유신세대 (55년생 이전 세대)

조금 가부장적인 편이다. 일례로 "너희가 뭘 알아?" 이러는 분들이 많은 편이다. 유신세대는 현대문물을 받아들이긴 했지만 여전히 유교적이고 보수적인 성향을 지녔다. 국가와 민족 앞에 충성을 다하는 게 도리라고 생각했던 세대다. 그리고 가난에 한 맺힌 사람들이 많다. 그래서 70년대부터 90년대에 이르기까지 경제성장과 호황기를 통해 재산을 늘렸고, 자식들에게는 가난을 대물림하지 않겠다는 의식이 강하다. 또 젊은 시절 팝송을 접하고 영화관을 찾았지만 여전히 한국적 문화에 길들여 있다. 이를 테면 남성 중심의 문화다. 그런가 하면 절약이 미덕이고, 자신들을 위해서는 맘껏 소비하지 못한다. 사회나 직장에서는 가부장적인 의식이 강해서 다소 독선적이고, 대화 중심이 아닌 행동 중심의 사고가 강하다. 직장이나 사회조직에서는 新세대나 M세대에게 "너희가 뭘 알아?"라고 말하곤 한다.

2. 386세대 (55년생~68년생 세대)

70, 80년대 민주화와 청바지의 자유를 아는 사람들이다. 지금 한 가정의 가장으로, 자녀들이 대학이나 중고등학교에 다닌다. 직장에서는 주로 부장급, 이사급들로 2,000년을 전후로 생겨난 벤처기업의 사장들이 대부분 386세대다. 흔히 70, 80세대라고 부르기도 하는데, 대학가요제에 익숙하고 캠퍼스 낭만을 느끼면서도 독재정권에 대해 불만을 드러냈던 세대다. 민주화운동에 앞장섰고 단합이 잘되었으며, 독서도 많이 했고, 지적인 문화를 추구하고, 정치나 경제분야 참여에도 적극적이다. 386세대들은 신세대들처럼 자유롭게 표현하고 싶지만, 마음속 한구석에는 '나는 한국사람' 내지는 '그래도 윗사람인데'라는 애국심과 배려가 강한 세대다. 기성세대의 보수적이고 독선적인 스타일을 버리려고, 가정이나 직장에서 대화를 통해 문제를 풀어가려고 하는 편이라서, 유신세대, 즉 노년층과의 갈등의 골은 깊지 않다.

3. 신세대 (70년생~82년생 세대)

"우린 서태지세대, 개성, 실속주의자들"이라고 말하는 세대다. 경제부흥기에 태어나서, 비교적 여유있는 환경에서 성장한 이들이 대부분이다. 새로운 음악과 문화를 스스로 재창조하면서 PC통신을 접하고 인터넷도 가장 먼저 접했다. 문화적인 면에서는 천편일률적이던 문화에 다양한 개성을 입히며 새로운 생산자가 되었다. 청소년기나 청년시절 IMF를 겪으면서 합리주의적인 소비자로 등장했다. 새로운 시도에 적극적이며 386세대의 정서에 비해 쿨(Cool)하게 문화를 즐긴다. 자신이 좋아하는 것에는 아낌없이 투자하며 자신이 속한 조직 내에서의 인간관계는 매우 중시 여긴다.

4. M세대 (83년생 이후 세대)

"난 나야."라고 외치는 인터넷, 모바일 마니아들이다. 이들은 모바일 세대로 불리는데, M세대의 가장 큰 특징은, 휴대전화를 전화를 걸고 받는 것 외에 다양한 용도로 사용하고, 나 자신(Myself)을 중시하는, 이른바 '나 홀로'족이 많다. 자신들 세대만의 모바일 언어, 즉 386세대나 기성세대는 알아듣기 힘든 은어나 속어에 익숙해 있다. 경제적으로 어려움 없이 그리고 민주주의적 사회 환경에서 자라면서, 문화적으로도 다양성을 맛보았다. 정치와 사회에 관심이 없으며 직장 내에서 이들은 대화가 통하지 않아도 불편하다거나 고민하지 않는다. 남의 시선은 전혀 개의치 않으며 자기중심적이다. 이를 테면 상사가 자신을 싫어하든 좋아하든 크게 개의치않고, 양보나 이해보다는 자기편의주의적이어서 타협 약한 것이 좀 아쉬운 점이다.

제2의 재산인
인맥관리를 잘해라

인간은 상호관계로 묶어지는 매듭이요, 거미줄이며 그물이다.
_ 생 텍쥐페리

미국 카네기 멜론 공과대학에서 묘한 조사를 했는데 그 결과, 스스로 인생에서 실패했다고 생각하는 1만 명 중 85퍼센트가 자신의 실패 원인을 원만치 못한 인간관계로 지목했다고 한다. 지식과 능력과 기술이 아무리 뛰어나다 하더라도 휴먼 네트워크가 좋지 못하면 성공하기 어렵다는 결론을 내린 것이다.

또 한 가지, 미국 '보스턴 대학의 40년 연구'라는 것이 있는데 이 대학의 헬즈만 교수가 7세 어린이 450명을 선정, 40년이 지난 후 이들의 사회경제적 지위, 즉 출세 여부를 조사한 것이다. 그런데 이들의 성공을 가장 잘 설명해 준 요인은 '타인과 어울리는 능력', '좌절을 극복하는 태도', 그리고

'감정 통제 능력'으로 나타났다.

미국의 극작가 존 궤어는 "세상 모든 사람들은 여섯 사람만큼만 떨어져 있다."고 말한다. 다시 말해 적절한 중개자를 거치면 누구든 손가락으로 헤아릴 수 있는 단계를 거쳐 대통령에게까지 연결될 수 있다는 뜻이다. 특히 대한민국에서 인맥의 중요성은 강조할 필요조차 없으며, 국가적 프로젝트에서부터 사적인 편의에 이르기까지 가장 강력한 위력을 발휘하는 것이 인맥이란 사실은 정보혁명의 시대인 오늘날에도 유효하다. 정보혁명 이전에 우리는 인맥이 수첩에 기록된 전화번호나 명함의 수에 비례한다고 생각했다.

인맥은 인간관계이며, 인맥관리는 태어나서 죽을 때까지 맺는 여러 인간관계가 올바로 형성, 유지되도록 관리하는 것이다. 따라서 인맥관리는 성공을 위한 것이라기보다 행복을 위한 것이다. 성공을 위해 좋은 인맥이 필요한 것이 아니라 좋은 인맥, 좋은 인간관계가 이미 큰 성공이자 행복이다. 휴렛 팩커드의 창업자 데이비드 팩커드David Packard는 다음과 같은 말로 이를 표현했다.

"좋은 사람을 만나는 것은 신이 주는 축복이다. 그 사람과의 관계를 지속시키지 않으면 축복을 저버리는 것과 같다."

공예부문에서 이름이 제법 알려진 사람이 있다. 대화를 하던 중 우연히 유명한 대중가수와 연극인의 이름이 나왔다. 어떻게 알게 되었는지 궁금해하자 그는 이렇게 말했다.

"행사를 한 번 하면 2백 명 정도는 기본으로 오는데 그 과정에서 알게 되어 친분을 쌓게 되었지요. 어느 정도 이름이 알려지면 그 이름에 걸맞은 인적 네트워크가 구성되더라고요."

그의 이름이 매스컴에 오르내리기 시작한 것은 불과 10여 년도 안 된다.

그런데도 그는 현재 문화예술계에서 꽤나 쟁쟁한 사람들과 친밀한 인간관계를 맺고 있었다. 의도적으로 인맥을 만들기 위해 애쓴 것도 아닌데 자연스럽게 연결이 됐다고 했다. 그렇지만 한번 인연이 된 이상 그 사람들과의 관계를 소중히 여기고 소홀하지 않기 위해 노력하고 있다고 한다. 공예가로서의 전문 능력뿐만 아니라 인맥관리에서도 탁월한 능력을 발휘하고 있다는 생각이 들었다.

매일경제신문이 올해 세계한민족여성네트워크 행사의 해외 참가자 110명을 대상으로 설문조사를 한 적이 있다. 이에 따르면 치열한 국제무대에서 성공하기 위해 가장 중요한 요소로 응답자들은 '전문지 습득'(48%), '필요한 언어구사 능력'(32%)에 이어 '인맥관리'(20%)를 꼽았다고 한다. 인맥관리가 중요한 것은 우리나라만의 특성이 아니라 세계 어디나 마찬가지라는 것이다.

또 인맥과 관련된 최근의 트렌드로 기업체에서 경력사원을 스카우트할 때 평판 조회를 한다고 한다. 상사, 동료, 후배사원은 물론이고 거래업체 담당자에게까지 물어본다는 것이다. 좋은 평판은 하루아침에 이루어지는 것이 아니기 때문에 평소 신경을 써둘 필요가 있다.

이 같은 인맥의 중요성은 50대라고 예외는 아니다. 오히려 3, 40대에는 어떤 능력이 결정적인 역할을 했다면 50대에는 새로운 직장을 구하거나 창업을 할 때 인맥이 아주 큰 역할을 한다. 50대 취업은 공채가 아닌 수시채용 성격이 강한 데다, 창업에 필요한 다양한 정보나 노하우는 친한 사람이 아니고서는 쉽게 얻어낼 수 없기 때문이다. 재테크도 인맥이 풍부한 사람이 한결 유리할 수밖에 없다.

카이저철강 창업자인 헨리 카이저는 "인간은 저마다 신의 아들이므로 모든 인간이 중요하다는 사실을 잊지 않는다면 자연스럽게 좋은 대인관계를 유지할 수 있을 것이다."라고 말했다. 이는 다시 말해 자기 자신을 가장 소중하게 생각하는 만큼 다른 사람들도 소중하게 대해 주라는 것이다. 당신이 좋은 인맥을 만들고 싶다면 지금부터라도 다른 사람들을 그들이 대접 받고 싶어하는 대로 대접해 주어라. 그것이 다른 사람을 내 사람으로 만들어가는 데 가장 효과적인 방법이다.

인맥 만들기 테크닉

1. 다양한 기회를 활용해라

모임(취미, 사회활동, 친분관계 등)이나 행사(동문회, 지역이벤트, 봉사활동 등) 등 다양한 사람들을 만날 수 있는 기회에 적극 참여해라.

2. 미래지향적이고 성격이 원만한 상대를 찾아라

상대가 지금 당장 성공한 사람이 아니더라도 미래지향적이고 소탈한 성격의 소유자라면 그와 가까이 지내고자 노력해라.

3. 상대의 장점을 칭찬해 주고 예의바르게 대해라

사람들은 자신을 칭찬해 주는 사람에게는 마음의 문을 보다 쉽게 연다. 단, 과장되게 칭찬하거나 예의 없는 행동은 금물이다.

4. 경조사나 행사에 반드시 참여해라

경조사 참여는 상대로 하여금 호감과 신뢰를 갖게 해주는 가장 효과적인 방법이다.

5. 먼저 적극적으로 다가서라

사람마다 성격이 다르고 사람을 대하는 스타일이 다르다. 당신이 관심을 갖는 상대라면 적극적으로 관심을 표명해라.

창업,
조짐과 트렌드를 읽어라

인생에 가장 성공적인 사람은 대체로
가장 훌륭한 정보를 가지고 있는 사람이다.
_ 벤저민 디즈레일리

명예퇴직을 했거나 50세 전후로 회사를 그만둔 사람들의 경우 가장 먼저 떠올리는 것이 소자본 창업이다. 적게는 5~6천만 원, 많게는 1~2억 원을 투자하여 안정적인 수입을 얻을 수 있으리라는 생각에서다. 하지만 실제로 창업 후 1년 이상을 버티는 창업자 비율이 20~30퍼센트 정도밖에 안되며 대기업의 엘리트 직원 출신도 창업 시장에서는 종종 맥없이 실패할 정도로 성공확률이 높지 않다. 세상의 변화가 빠른 만큼 창업 시장은 그 어느 분야보다도 변화무쌍하며 사회경제 분위기에 매우 민감하게 반응한다. 때문에 자칫 잘못하면 뭉칫돈을 한순간에 날릴 수도 있다.

웰빙 트렌드에 주목하여 새로운 사업을 시작해 성공을 거둔 한 사업가가 있다. 천연 올리브 비누를 수입 판매하는 **RTN**의 안은정 사장이 그 주인공인데, 그녀는 언론에서 창업과정에서의 자신의 시장 및 트렌드 분석 방법을 소개했다.

안 사장은 학교 다닐 때부터 신문과 잡지를 볼 때면 늘 가위를 손에 들었다. '괜찮은 아이템을 찾아서 언젠가 창업 하겠다' 는 꿈이 있었던 그녀는 창업 성공기, 새로운 트렌드를 보여주는 기사 등 돈 될 만한 아이템이다 싶은 기사는 꼼꼼하게 노트에 오려 붙였다. 매체만 열심히 보는 것이 아니었다. 거리를 돌아다니면서도 처음 보는 업종의 가게나 물건을 그냥 지나치지 않았다. 증권사에서 직장생활을 할 때도 이런 습관은 계속 이어졌다. 주변사람들로부터 메모광이란 얘길 들을 정도로 읽고 적는 것이 일상사였다. 이처럼 신문 스크랩과 메모, 직접 거리로 나가 발품을 팔며 정보를 수집하는 열의가 있었기에 트렌드에 맞는 새로운 사업을 찾을 수 있었고 결국 성공으로 이어진 것이다.

창업에서 아이템 선정은 무척 중요하다. 여기에 집착한 나머지 아이템에만 중점을 두고 매스컴을 의지하는 이들이 많다. 하지만 매스컴은 장기적인 전망까지 조명해 주진 않는다. 그때그때의 유행과 흐름만을 짚어보는 정도다. 때문에 매스컴에 보도된 정보만 믿고 창업에 뛰어들었다가는 막차탄 꼴이 되기 십상이다. 특히 신문광고나 소문만 믿고 덤비는 소위 '따라잡기' 식 창업도 금물이다.

가장 먼저 해야 할 일은 전반적인 흐름을 파악하는 일이다. 최근 10여 년간의 정치, 사회, 경제 분야의 흐름을 정리해 본 후 다가올 흐름을 예측해야 한다. 이를 테면 지난 10여 년간 우리나라는 많은 변화를 겪었다. IMF로 인해 경제성장이 둔화되고 소비가 위축되었고 대형 할인점이 유통시장에서 뿌리를 내렸다. 여기에 정보통신의 혁명이 일면서 인터넷이 생활 전 분야에 변화를 가져왔다. 앞으로의 10년은 어떨까? 할인점과 인터넷쇼핑몰의 유통시장 점유율은 갈수록 늘어날 전망이고 국민소득의 향상에 따라 웰빙 트렌드 또한 지속될 것으로 예상된다. 고령화 사회 진입으로 젊은층은 줄어들고 노인층 인구는 점점 더 늘어날 것이다.

"경제전문가도 아닌 내가 어떻게 흐름을 분석하지?"라고 말하는 사람이 있다면 걱정하지 않아도 된다. 알찬 정보를 한눈에 볼 수 있는 정보창고가 있다. 5년 후 또는 10년 후 경제와 사회의 환경 변화를 분석적이고 현실적으로 예측하여 발표하는 전문기관들이 있다. 삼성경제연구원이나 LG경제연구원 등 기업마다 연구원이 있고 정부기관과 대학에도 있다. 이 연구기관들은 분야별 전문가들을 확보하고 있어 수시로 관련 자료와 논문을 발표한다. 매스컴에는 간단히 요약한 내용 정도만 밝혀지지만 이들 홈페이지에 들어가면 아주 상세한 자료들을 무료로 다운 받을 수가 있다. 물론 회원으로 가입해야 하는데 비용이나 제한조건이 없는 편이다.

전반적인 흐름과 자신이 창업하고자 하는 분야에 대한 분석이 끝났다면 구체적인 아이템을 결정해야 한다. 아이템을 결정할 때는 경제신문이나 주요 일간지 등에 소개되는 창업기사를 참고하면 좋다. 단, 방송이나 언론에 소개되는 창업사례에서처럼 고수익이 발생할 것이라는 확신이나 기대를 가져서는 안 된다. 점포위치나 운영자가 누구냐에 따라 수익은 천차만별이 될 수 있는 데다 매스컴에 소개되는 사례들은 성공한 대표적인 예이기 때문이다.

또한 아이템을 결정할 때 몇 가지 원칙을 염두에 두어야 한다. 첫째, 앞으로 10년 후에도 살아남을 수 있는 장기적인 것인가? 둘째, 수요층이 두꺼운가? 셋째, 경쟁력이 있는가? 등이다.

마지막으로, 소자본 창업 시에는 단기간에 큰돈을 벌겠다는 생각보다 적더라도 안정적으로 수익이 발생할 수 있는 사업인가를 꼭 따져봐야 한다.

분야별 유망 창업 아이템

1. 웰빙 테마 사업

무공해 과일 산지직판, 무공해 농산물 판매, 건강보조식품, 재래식 장류 제조
와 판매, 저칼로리 제과점, 스페셜케익 전문점, 고품격 헬스클럽

2. 스포츠·레저 사업(주 5일 근무 관련)

스포츠용품숍, 주말농장 임대업, 체험학습장, 캠핑카나 임대사업, 펜션업

3. 환경 관련 사업

아토피환자용 먹거리 배달점, 침대나 가구 살균 소독, 수경 화초 재배

4. 패션·미용 사업(노무족 트렌드 관련)

청바지전문점, 피부마사지, 남성전용 화장품숍, 중장년층 캐주얼숍, 남성 액
세서리 전문점

5. 실버 사업

배설케어용품 전문점, 건강보조기구숍, 도심형 실버타운, 전원주택단지 개발

배워서 시작해도
늦지 않는다

가장 높은 곳에 올라가려면 가장 낮은 곳부터 시작하라.
_ 푸블릴리우스 시루스

국악에서 판소리 다섯 마당을 완창할 정도의 기량을 갖추려면 보통 사람은 25년 정도가 걸리고, 자질을 타고난 사람도 15년 정도는 걸린다고 한다. 목에서 피가 터져 나오고 그 상처받은 목이 다시 치유되어 새로운 목소리를 내는 힘겹고도 지난한 인내의 시간이 필요하다는 것이다. 마찬가지로 대기업에 신입사원으로 입사해서 CEO가 되는 데까지 걸리는 시간은 평균 22년 정도라고 한다. 간부가 되고 임원이 되는 과정에서 끊임없는 자기계발의 노력과 토요일, 일요일까지도 일하는 대가를 치러야 한다. 세상에 공짜는 없는 것이다.

태어날 때부터 전문가였던 사람은 없다. 의사든 박사든 모든 사람들이 기초부터 시작해 오랜 시간 동안 지식과 실무 경험을 쌓아 전문가로 성장한다. 하지만 사람들은 보통 너무 빨리 밥을 먹으려고 한다. 뜸을 들이지 않은 밥을 먹으면 밥알이 씹히질 않고 안에서 굴러다니다가 급기야 탈을 일으키기 마련이다. 불과 1~2년의 실무를 경험한 인테리어 디자이너가 자신의 디자인 감각만 믿고 어느 집 인테리어를 맡았다면 분명 어느 곳인가 한두 군데는 문제가 생기게 되어 있다. 전문가란 그렇게 쉽게 만들어지는 것이 아니다.

새로 시작하는 사업, 창업 역시 쉽게 보아서는 안 된다. 아무것도 아닌 것 같던 일이 실전에 들어가면 생각했던 것보다 어렵고 까다로울 때가 많기 때문이다. 창업을 통해서 우리는 인생 2막의 성공적인 삶을 꿈꾼다. 그 꿈이 현실로 이루어지려면 무엇보다 철저한 준비가 우선이다. 창업준비가 제대로 안 되고 아이템선정이 잘못돼서 창업한 지 몇 개월 만에 문을 닫는 경우도 바로 준비 부족의 결과다. 최소한 3년에서 10년 이상을 이어갈 일을 선택하면서 3~6개월의 시간을 투자하지 못해 실패를 경험하는 잘못은 하지 말아야 한다. 특히 50대 이후의 실패를 경험하는 잘못은 하지 말아야 한다. 50대 이후의 실패는 쉽게 회복될 수 없다는 점을 생각할 때 준비만큼 철저한 대안은 없을 것이다.

따라서 현명한 사람들은 창업이나 직종 전환에 앞서 먼저 기초를 다지는 노력을 기울인다. 예를 들어 분식집을 차리려고 하는 사람이라면 남의 식당 주방이나 배달원으로 6개월 또는 1년간 직접 일을 해본다. 그러면서 아이템에 대한 확신과 운영 노하우, 이끌어갈 자신감을 쌓는 것이다. 꽃가게를 창업하기 위해서는 3개월간 학원을 다니고 6개월간은 남의 가게에서 아르바이트를 하며 실무를 익히는 것이 기본인데, 이는 매우 바람직한 자세다.

어떤 일을 하든 기초부터 배우려는 자세를 가져야 한다. 설령 여유가 있어서 점포나 사업체를 차려놓고 다른 이를 고용하여 운영할 생각이라 해도 해당 분야에 대한 기초는 알고 뛰어들어야 한다. 아무것도 알지 못하면서 어떻게 직원을 관리하고, 더 나은 기술과 품질로 고객을 만족시키겠는가! 성공하는 대부분의 사람들은 바닥부터 시작한다. 필요하다면 소매를 걷어붙이고 나서서 힘겹고 하찮은 일까지 직접 겪어가면서 배우는 자세를 보여준다.

배움에는 나이가 따로 없다. 무엇이든 처음에는 망설여지지만 일단 시작하고 나면 '하루라도 더 빨리 배울 걸……' 하는 아쉬움이 생길 정도로 시작은 어렵지만 끝은 늘 풍요롭고 만족스러운 것이 배움이다. "배움은 단순히 머리를 굴리는 것과 본질적으로 다르다. 배우기 위해서는 인내심과 일관성, 적극적인 참여가 필요하다. 자신의 행동을 되새겨 교정하려는 노력도 뒤따라야 한다. 내 경험에 비추어 볼 때, 이 모든 노력이 일단 궤도에 올라서기만 하면 성장 잠재력은 거의 무한대로 확장된다." 하니웰인터내셔널의 최고경영자로 이름을 날리고 있는 래리 보시디의 조언은 배움에 관해 시사하는 바가 크다.

지금까지 살면서 꼭 하고 싶은 일이 있었는데 하지 못한 일이 누구에게나 한두 가지는 있을 것이다. 바로 지금이 그 일을 시작할 절호의 기회다. 하고 싶던 일 중에서 나이에 상관없이 일할 수 있는 것을 신중히 선택해 지금 당장 시작해라. 그리고 기초부터 시작하여 3~5년 정도 열심히 배워라. 그러면 앞으로 적어도 15년에서 20년은 일하는 즐거움을 만끽하며 살 수 있을 것이다.

얇은 귀로
사기 당하지 말아라

사물을 이해한다는 것은
단순히 안다는 것과 크게 다르다.
_ 찰스 케터링

축구경기에서 공격보다는 수비에 치중해야 할 때가 있다. 상대팀과 득점
차가 벌어진 상태에서 후반전 경기 종료시점으로 갈수록 수비의 중요성은
커진다. 개인의 인생 게임에서도 50대 이후가 그렇다. 더 많은 돈을 버는 것
도 중요하지만 갖고 있는 돈을 잘 지켜야 한다는 얘기다. 물론 한푼 한푼 절
약하는 지혜도 필요하다. 그러나 제1 계명은 사기를 당하지 말아야 한다는
것이다. 안정된 수입이 보장된다는 말에 귀가 솔깃해 평생 모아둔 목돈을
한방에 날려버리면 재기의 희망도 물거품이 되어버린다는 점을 명심해야
한다.

창업을 준비할 때 가장 조심해야 할 것은 어이없게도 창업자금을 노리는

창업 사기다. 보통 평범한 명예퇴직자나 정년퇴직자들은 생계유지형 창업을 하거나 노후생활 안정을 위한 소규모 창업을 꿈꾸는데, 이들을 겨냥한 창업 사기가 좀처럼 줄어들지 않고 있다. 일부에서는 중년의 공직 및 대기업 출신들의 돈을 '눈먼 돈'이라고 한다는 이야기까지 있을 정도다.

정부는 2004년 8월부터 2005년 4월까지 국무조정실에 '민생경제점검기획단'을 설치해 민생경제침해사범 집중단속을 실시했다. 8개월 동안 약 37만 건을 적발했는데 이 중 취업·창업 사기가 7만 906건으로 갈취형 조직폭력 7만 9,909건에 이어 두 번째로 많았다.

대기업 부장을 지낸 지인 K씨는 요즘 밤잠을 못 이룬다. 한 음식점 프랜차이즈와 가맹 계약을 하고 인테리어비와 가맹비를 포함해 6천만 원을 입금했는데, 회사는 감감무소식이고 연락도 되지 않는다. K씨는 "회사 퇴직금에다 융자까지 받아 이미 점포계약도 마친 상태인데, 하루아침에 돈도 날리고 사업도 시작할 수 없을 것 같아서 걱정"이라며 고개를 떨어뜨렸다.

창업 사기가 가장 많이 일어나는 곳은 체인 사업 분야다. 체인 사업은 숫자로 볼 때 생계형 점포 사업이 약 90퍼센트를 차지한다. 이 중에서 대기업이 본사이거나 사업 역사가 오래된 유명 브랜드를 제외하고는 대다수가 생긴 지 1~2년도 채 안 된 업체들이다. 1년에도 수십 개씩 생겨나는데 몇 년 못 버티고 문을 닫는 업체들이 부지기수이기 때문이다. 일부는 재정 능력이 부족한 것이 원인이지만 나머지는 사기성 업체로 이미 체인점들로부터 사기를 치고 잠적을 한 경우다. 전국적으로 12만 개에 이르는 가맹점들의 평균 수명은 불과 2.7년, 유명 가맹점을 모방한 유사 가맹점들마저 우후죽순처럼 생겨나면서 옥석 가리기는 더욱 힘들어졌다.

사기성 업체들의 사기 방식은 이미 잘 알려져 있다. 예를 들면 '몇천만 원 투자, 월 몇백만 원 순수익 보장' 식의 허위 또는 과대광고를 통해 가맹점을 모집한 후 6개월에서 1년 정도 운영하다가 순식간에 자취를 감추는 것이다. 가맹점들은 계약 내용대로 본사의 광고나 지원이 뒤따르지 않고 사업성도 약하다는 사실을 뒤늦게야 깨닫고 본사에 항의하거나 소송을 걸게 된다. 하지만 본사는 이미 거액의 인테리어비와 가맹비 등을 챙긴 상태다.

판에 박힌 사기 형태여서 프랜차이즈 사업의 특성이나 경제 트렌드만 알아도 이들에게 사기를 당하지는 않는다. 그러나 10~20년 이상을 직장 생활이나 공무원 생활만 하다 퇴직한 이들은 세상물정에 어둡다. 자신이 일해온 분야에서는 전문가를 자처하지만 세상 돌아가는 상황에는 문외한이다.

게다가 창업을 준비하는 대부분의 사람들이 소규모 사업에 대해 너무 쉽게 생각하고 무작정 덤벼드는 오류를 범한다. "직장 그만두면 가게나 하나 차려서 먹고 살지."라고 가볍게 생각하지만 단 두 평짜리 라면가게라 하더라도 사업을 한다는 것은 결코 쉬운 일이 아니다. 인테리어, 고객관리, 상품 전략 등 규모만 작을 뿐 실제로 신경 써야 할 일은 대형 호텔이나 백화점의 축소판과도 같다. 게다가 창업을 하기도 전에 모든 것을 날릴 수도 있으니 '눈 감으면 코 베어가는 세상'이라는 말을 그냥 흘려들어서는 안 된다.

체인 사업 전문가들은 "적은 자본으로 노력 없이 떼돈을 버는 사업은 없다."고 말한다. 따라서 "체인 업종이 아닌 단순 영업임에도 불구하고 가맹금이나 보증금을 받는 위장 체인 사업을 조심하라."고 조언한다. 무엇보다도 프랜차이즈형 창업으로 노후를 대비하려 한다면 철저한 사전 준비와 꼼꼼한 확인을 통해 피해를 입지 않도록 주의해야 한다. 필요하다면 정부의 무료 상담 기관이나 믿을 수 있는 전문가에게 자문을 구하는 것도 창업 사기를 예방하는 데 도움이 된다. 특히 명예퇴직자나 정년퇴직자들이 귀담아 들어야 할 충고다.

부실 체인 본사를 식별하는 요령

1. 과장광고를 하는 업체는 무조건 NO!

몇백만 원, 몇천만 원 투자로 월수입 얼마 이상을 보장한다든지, 늦기 전에 당장 사업을 시작해야 한다고 광고하는 경우다. 상식을 벗어나 엄청난 지원을 해준다고 약속하는 경우도 마찬가지다.

2. 가맹비가 비싼 업체도 NO!

가맹비를 받는 이유는 체인점들에게 상호사용권을 주고 노하우를 지원해 주기 때문이다. 상호만 사용할 뿐 본사에서 별다른 지원도 없으면서 가맹비와 로열티를 과도하게 요구한다면 이는 문제가 된다.

3. 체인점 모집이 부진한 업체도 NO!

체인 사업을 시작한 지 2~3년이 지났는데도 체인점 모집이 부진하고 기존 점포의 운영 실적도 저조한 업체는 가입하지 않는 것이 좋다. 그만큼 이 업종의 전망이 없거나 체인 운영에 문제가 있다는 뜻이다.

4. 시장에서 검증되지 않은 업체도 NO!

신규 사업인 경우 직영점이 있고 기존 사업에서 가맹점이 10개 이상인 체인 본사를 선정하는 것이 리스크를 줄이는 길이다. 본사가 직영점 운영을 통해 충분히 시장조사를 마친 경우는 위험부담이 적다. 체인 사업을 막 시작하는 업체들의 경우 브랜드 네임이 알려지지 않았고 시장성이 정확하지 않아 3호 점까지는 '안테나숍'이나 다름없다. 수많은 시행착오를 겪어야 한다는 얘기다.

5. 인테리어 비용을 따져라

체인 사업 중 사기업체들은 대부분 인테리어 시설공사에서 거액의 차액을 노린다. 인테리어에 큰 비중을 두고 많은 비용을 지출하게 만드는 본사일수록 상품공급이나 업종의 운영에 대한 노하우가 부족하고 점포 개설 후 사후 지원이 부실하다.

6. 신용 상태를 체크해라

체인 본사를 최종 선택하기 전에 본사의 신용 상태를 체크하는 것은 필수다. 신용정보주식회사에 의뢰하여 회사의 재정 상태를 알아봐야 한다. 회사 업력, 대표자 주요 경력, 본사 지명도, 가맹점 수 등도 면밀히 검토해야 한다.

최악을 상상하고
대비하라

나무에 가위질을 하는 것은 나무를 사랑하기 때문이다.
_ 벤자민 프랭클린

창업자들은 항상 100퍼센트 성공을 장담한다. 그들은 한결같이 "안 될 사업 같으면 시작도 하지 않는다. 100퍼센트 성공이니 두고 봐라!"라며 호언장담한다. 과연 그럴까?

국내 시장에서 소자본 창업은 3년 이내에 70퍼센트가 실패하며 장기적으로 성공하는 확률은 10~15퍼센트라고 한다. 일부 전문가들은 미국 실리콘밸리의 벤처성공률이 0.2퍼센트라는 사실에 비하면 이것도 높은 것이라고 이야기한다.

창업은 그리 호락호락한 것이 아니다. 창업전문가들의 시각은 그렇다. 만일 당신이 30대라면 그런 호언장담을 하면서 창업을 해도 된다. 그러기 위해 모든 것을 창업에 바칠 수 있다고 생각한다. 설령 망해도 다시 일어설 수 있는 시간과 젊음이 있기 때문이다. 하지만 50대의 창업은 다르다. 자신이 가진 것을 모두 창업에 투자하는 것은 화약을 지고 불구덩이로 뛰어드는 일이다. 실패할 경우 남은 노후를 어떻게 살아갈 것인가?

물론 창업 시 준비와 마음가짐은 100퍼센트 성공을 위한 것이어야 한다. 다만 만약의 상황도 감안해야 한다는 것이다. 아무리 성공확률이 눈에 보이는 사업이라 하더라도 실전에 뛰어들어보지 않고서는 그 어떤 장담도 할 수 없는 것이 세상사다.

지금 당장 당신이 눈여겨 봐둔 점포에서 장사를 시작하면 월 5백만 원 이상의 수입이 보장된다고 치자. 그런데 그 누구도 어쩔 수 없는 상황이 있다. 창업 한 달 만에 건물에 화재가 난다거나 대홍수가 발생하여 점포가 물에 잠기는 등 예상할 수 없는 일이 발생할 수도 있다는 것이다. 뉴올리언스에 허리케인 카트리나가 불어닥치기 며칠 전에 햄버거 매장을 연 사람은 이런 천재지변을 예상했겠는가?

그러므로 창업 후 발생할지도 모르는 최악의 상황에 대비하여 사전에 몇 가지 원칙을 세우는 것이 필요하다.

첫째, 재산 중 일정비율은 노후자금과 기타 명목으로 남겨두고 나머지 자금으로 작고 안정되게 시작한다. 이럴 경우 창업 투자비용을 다 잃어도 노년의 생활이 흔들리지는 않는다.

둘째, 재투자는 수익의 10퍼센트 이내에서 한다. 만일 10퍼센트 이상을 재투자할 경우 그에 따른 수익이 예상대로 발생한다면 몰라도 예상에 어긋난다면 결국에는 자기 자금을 까먹는 일이나 마찬가지다. 조금 잘되는 것 같다고 무리하게 재투자 했다가 실패로 돌아서는 이들이 부지기수다.

셋째, 동업은 하지 않는다. 동업으로 창업했다가 사고가 생기거나 뜻대로 풀리지 않아 사업을 그만두게 되는 문제가 발생할 수 있다. 이런 경우 상대를 미워하게 될 수도 있고 오랫동안 쌓아온 인간관계도 금이 간다. 돈도 잃고 친구도 잃는 것이다.

넷째, 실패로 인해 투자한 모든 것을 잃게 되더라도 마음의 상처는 받지 않겠다는 다짐을 한다. 마음의 병으로 건강까지 잃으면 다시 일어설 기회가 없기 때문에 영원히 실패하는 것이다.

다섯째, 보험에 반드시 가입한다. 보험료를 낼 여유가 없다고 말하는 이들이 의외로 많은데 보험은 여유가 없는 사람일수록 더 필요하다. 언제 어떤 모습으로 다가올지 모르는 위기상황을 헤쳐나갈 수 있는 가장 든든한 담보가 되기 때문이다.

이 같은 다섯 가지 원칙을 철저히 지킨다는 각오를 다진 후 창업한다면 그릇된 판단을 내릴 확률이 줄어들고 따라서 일이 더 잘될 가능성도 커질 것이다.

수익은 작아도
안정적인 투자를 해라

오늘 달걀을 한 개 갖는 것보다 내일 암탉을 한 마리 갖는 편이 낫다.
_ 토머스 플러

재테크는 사업이 아니다. 재테크에서 가장 중요한 점은 갖고 있는 여윳돈 중 일부를 투자하되 안정적이어야 한다는 것이다. 이는 재테크를 할 때 가져야 할 가장 기본적인 마음가짐이자 반드시 지켜야 할 철칙이다.

사람이라면 누구나 욕심이 있기 마련이다. 이왕 투자할 바에야 좀더 많은 수익을 남겼으면 좋겠고, 돈을 버는 과정에서 큰 힘을 들이거나 스트레스를 받지 않기를 바란다. 더욱이 50세 이후 직장을 그만둔 경우라면 어떻게 하면 수익을 확보할 수 있을까에 대해 더 절실하게 고민하기 마련이다. 3, 40대보다도 재테크에 더 희망을 걸게 되는 것이다.

그런데 희망이 지나친 나머지 많은 사람들이 대박의 환상을 쫓기도 한다. 하지만 '로또' 같은 대박은 단지 누군가에게 한 번 주어지는 행운일 뿐이다. 원한다거나 노력한다고 해서 얻을 수 있는 인위적인 것이 아니다. 오히려 대박을 찾다가 '쪽박'을 차는 일이 흔하다. 기본적인 지식과 준비도 없이 주식투자, 부동산투자, 사채 등을 통해 큰돈을 벌려고 했다가 원금도 찾지 못하는 이들이 허다하다. 다시 말해 이 세상 어디에도 '눈 먼 돈은 없다'는 말이다.

그렇다면 노년을 앞둔 50대는 어떤 재테크 원칙을 가져야 할까? 나는 다음과 같은 다섯 가지를 꼼꼼히 따져보라고 권한다.

첫째, 원금이 사라지거나 줄어드는 위험성이 없어야 한다. 잘못 투자하여 원금마저 건지기 힘든 상황이 오면 앞으로 남은 노년의 삶이 고달파질 수밖에 없다.

둘째, 수익이 작아도 꾸준히 발생해야 한다. 간헐적으로 큰 수익이 발생하는 것보다는 작더라도 매월 또는 분기별로 꾸준히 수익이 발생하는 것이 생활에 도움이 된다.

셋째, 스트레스를 받지 않아야 한다. 나이가 들수록 돈과 사업으로 인한 스트레스에 노출되면 건강에 더 심한 타격을 받는다. 가능한 한 편안한 마음을 유지할 수 있는 재테크여야 한다.

넷째, 투기를 하지 말아야 한다. 단기적으로 고수익을 남기는 일은 대부분 투기다. 투기는 한 번은, 또 운이 좋아 몇 번은 돈을 벌게 해줄지 몰라도 결국은 모든 것을 빼앗아가게 되어 있다.

마지막 한 가지는, 남의 말을 믿고 무조건 투자해서는 안 된다는 것이다. 매스컴이나 주변 사람들은 정보를 제공하는 것으로 끝날 뿐 그 결과에 대해서는 결코 책임을 지지 않는다는 것을 명심해야 한다.

이 같은 다섯 가지 요인을 고루 갖춘 재테크라면 경제전문가들도 박수를 처줄 것이다. 중요한 것은 수익이 생겼다고 해서 욕심을 부려 원칙을 저버리지 말아야 한다는 것이다.

주식은
공부한 후에 덤벼라

하나의 작은 꽃을 만드는 데도 오랜 세월의 노력이 필요하다.
_ 윌리엄 블레이크

주식에 관한 한 사람들의 입장은 다 제각각이다. 어떤 이들은 보따리 싸들고 다니며 말리는 이가 있는가 하면, 그래도 해볼 만한 것이 주식이라는 입장을 고수하는 이들도 있다. 나는 '충분한 자금과 해박한 지식이 있다면 해라. 그렇지 않다면 절대 하지 마라'는 입장이다.

주식에서 성공한 사람은 별로 못 봤지만 실패한 사람은 수도 없이 만났다. 오죽하면 99명이 투자하여 한 명 먹여 살리는 것이 주식이라는 말이 나올까! 이는 그만큼 주식투자를 통해 돈을 버는 일이 쉽지 않다는 것을 말한다. 하지만 적지 않은 사람들이 '주식투자는 곧 대박'이라는 잘못된 생각을 갖고 있다. 주식투자는 누구에게나 조심스러운 일이지만 특히 주식에 대한 충분한 사전지식 없이 퇴직금이나 저축해둔 돈을 쏟아붓는 5, 60대의 주식투자는 노년을 홈리스의 삶으로 유도하는 지름길이나 다름없다.

주식투자에서 크게 실패하는 사람들에게는 몇 가지 공통점이 있다. 첫째, 큰돈을 벌 수 있다는 '대박 논리'에 빠져 있다는 것, 둘째, 직접 경험해보지 않고 남의 얘기만 듣고 투자한다는 것, 셋째, 시장 분석이나 기업 정보 없이 매스컴 또는 주변 사람들의 움직임에 이끌린다는 것, 넷째, 실패에 대한 분석과 자기반성이 없이 오기로 지속적인 투자를 한다는 것 등이다.

2, 30대의 경우 주식투자를 하더라도 직장생활을 하고 있기 때문에 가볍게 한다. 하지만 실직자나 퇴직자들의 경우 직장생활을 하지 않기 때문에 오로지 주식에만 매달리는 경우가 흔하다. 이들 중에는 실패에 실패를 거듭하면서 결국에는 퇴직금과 집까지 다 날려버리는 이들도 적지 않다.

'지피지기 백전불태知彼知己 百戰不殆'라는 말이 있다. 주식이 그렇다. 주식 시장에 대한 충분한 지식과 정확한 정보, 그리고 경제 흐름을 감지하는 능력 등을 고루 갖추면 위험을 피할 수 있다. 또 자신이 갖고 있는 재산과 경제적 감각 등에 기초한 냉정한 판단도 필요하다.

당신이 만일 주식에 관심을 갖고 있다면 먼저 공부해라. 구체적 방법으로 경제신문을 구독하여 기업 정보를 살펴보고 다가올 경제 트렌드를 예상하는 자료를 확보하여 분석해라. 그리고 서점에 나와 있는 주식 관련 서적을 한두 권 골라 완전히 독파해라. 얼마로 얼마를 벌었다는 식의 대박 테크닉을 가르쳐주는 책보다는 정석으로 주식에 입문할 수 있는 책을 골라야 한다.

다음으로 실전투자에 들어가기 전에 모의투자로 요령을 터득해 본다. 증권사들마다 연중 모의투자대회를 실시한다. 실제로 돈이 오가지는 않지만 모의투자를 통해 주문 요령과 주식 관련 정보의 활용 방법 등을 익혀두면 실전 투자에서 실수를 줄일 수 있다.

그리고 반드시 여유자금을 가지고 시작해라. 개인에게 주식투자는 본업이 아니고 부업이다. 따라서 처음부터 많은 금액을 쏟아붓지 말아야 하며, 특히 생활자금으로 주식투자를 하는 것은 절대 금물이다. 우선 잃어도 감당할 수 있는 금액으로 시작해라. 보통은 이것을 수업료라고 말하는데 사람에 따라 몇만 원이 되기도 하고 몇백만 원이 되기도 한다. 그런 다음 어느 정도 틀을 잡았다고 생각될 때 비로소 자신의 재테크 방식을 선택하는 것이 좋다.

초보의 주식투자 성공 7계명

초보자들이 가장 범하기 쉬운 실수는 '나도 남들처럼 큰 돈을 벌 수 있다'는 환상에 빠지는 것이다. 잘못하면 큰 손해를 볼 수 있는 것이 주식투자다. 따라서 기본적인 투자 지식과 요령을 알고 나서 시작해야 실패 위험이 적다.

1. 욕심을 버려라

초보자일수록 과욕은 금물이다. 첫술에 배부를 수는 없는 법이다. 은행 이자보다 약간 더 번다는 생각으로 시작하는 것이 투자의 'ABC'다. 이미 상당한 수익이 났는데도 계속 욕심을 부리다 매도 시기를 놓치는 경우나, 주가가 이미 '상투(최고점)' 부근까지 갔는데도 무리하게 따라 들어가 손해를 보는 경우가 의외로 많다.

2. 남에게 맡기지 마라

초보자들 중에는 증권사 직원만 믿고 맡겨버리는 경우가 종종 있다. 증권사 직원에게 매매에 관한 모든 권한을 맡기는 일임매매는 특별한 사정이 없는 한 피하는 것이 좋다. 사고가 날 경우 투자손실을 보상받기가 쉽지 않기 때문이다. 수익보장 각서를 받고 일임하는 경우도 있지만 이 역시 보호받기 힘들다. 따라서 증권카드나 비밀번호는 절대 남에게 주거나 알려서는 안 된다.

3. 손해를 최소화해라

수익을 남기기보다는 손해를 줄이겠다는 마음 자세로 투자하면 적게나마 이득을 볼 수 있다. 티끌 모아 태산이다. 손해를 줄이려면 주가가 떨어질 때 과감하게 팔고 나오는 '손절매'를 잘해야 한다. 전문가들은 주가가 매입가보다 5~10퍼센트 정도 떨어질 때를 손절매의 시점으로 보고 있다. 빨리 현금화해야 주가가 반등할 때 다시 투자할 여력이 생긴다.

4. 분산 투자해라

단번에 또는 한 종목에 가진 돈을 모두 거는 '배수의 진' 전법은 실패로 가는 지름길이다. 주식은 네 번에 나눠서 팔고 사는 것이 기본이며, 현금은 항상 절반 정도를 남겨둬야 한다. '계좌에 돈 들어 있는 꼴을 못 보면 정말 돈 구경하기 힘들다' 는 투자 격언을 새겨들어야 한다.

5. 정보를 찾아 나서라

신문이나 방송 등 주식 관련 정보를 잘 활용해야 한다. 미국 증시가 오르면 한국 증시도 호황을 맞는다. 그만큼 세계 증시, 특히 미국 증시와 한국 증시는 뗄 수 없는 관계다. 또, 신문에 호재가 발표됐는데도 주가가 떨어지는 경우가 적잖다. 이는 미리 정보를 입수하고 저가에 매수한 세력들이 전문기사를 매도의 기회로 삼았기 때문이므로 조심해야 한다. 그 외에도 증권협회가 주관하는 초보자 증권강좌나 주부교실 등을 이용하면 기본적인 투자 노하우를 익힐 수 있다. 증권사에서 믿을 만한 투자 상담사를 활용하는 것도 한 방법이다.

6. 단기매매는 자제해라

단기매매는 자제하는 것이 현명하다. 초보자가 지나치게 자주 주식을 사고 팔다가는 수익을 올리기도 힘들 뿐만 아니라 매매대금의 0.5퍼센트 가량인 매매수수료도 부담이 될 수 있다. 사소한 차익에 집착하지 말고 우량종목을 골라 길게 보는 것이 좋다. 주식의 사이클은 통상 2년 단위다. 최소 2년 정도는 두고 지켜봐야 한다.

7. 스스로 판단해라

'남이 장에 가니 나도 간다' 는 식은 주식투자에서 금기사항이다. 남이 사니까 사고, 남이 파니까 판다는 식의 투자로는 항상 뒷북만 치게 된다. 미국의 전설적인 펀드매니저 워렌 버핏은 "타인의 의견에 너무 귀 기울이지 마라. 많은 사람이 생각한다고 옳은 판단은 아니다."라고 강조했다.

재산을 가치 있게 쓰는
방법을 미리 고민해라

 장미의 향기는 그 꽃을 쥔 손에 항상 머물러 있다.
_ 아다 베야르

"여보게, 저승 갈 때 뭘 가지고 가지?"

중장년층이라면 석용산 스님의 에세이 제목인 이 말을 한번쯤은 되새겨 보아야 한다. 자신의 노후를 위한 자금을 제한 나머지 재산을 미리 정리하는 것은 매우 중요한 일이기 때문이다. 죽음에 임박했을 때 재산 정리를 하겠다는 생각은 결코 권장할 일은 아니다. 재산 때문에 자식들 간에 싸움이 나거나 의식이 없어 제대로 정리도 못한 채 떠나는 이들이 비일비재하다.

재산이 많든 적든 노후자금 외의 재산은 가치 있고 현명하게 처리해야 한다. 빌 게이츠와 워렌 버핏의 재산 정리와 은퇴선언은 많은 것을 생각하게 한다.

빌 게이츠는 이미 '빌 앤드 멜린다 게이츠 재단'을 통해 291억 달러(약 29조 원)에 달하는 큰 규모의 돈을 사회에 환원시켰다. 최근 그는 2년 뒤 일상적인 회사 업무에서 손을 떼고 자선사업에 주력하겠다고 밝혔다. 24년이라는 나이 차이에도 불구하고 빌 게이츠와 친구 사이로 통하는 워렌 버핏 회장, 그 역시 최근 재산의 85퍼센트인 370억 달러(약 37조 원)를 자선기금으로 내놓겠다고 발표했다. 이는 유네스코 1년 예산의 61배에 달하는 엄청난 액수다.

이 두 사람이 거대한 재산을 사회에 환원시킬 수 있었던 이유는 상속에 대한 그들의 '건강한' 생각 때문이다. 버핏은 평소에도 "자식들에게 너무 많은 유산을 남겨주는 것은 독이 된다."고 입버릇처럼 말해왔다. 부자인 부모를 만났다는 이유로 평생 공짜 식권food stamp을 받는 일은 반사회적일 수 있으며, 자녀들에게 해가 된다는 입장이다.

우리나라의 경우 재산을 사회에 환원하는 사람들에 대한 뉴스를 보면 놀랍게도 주인공이 하나같이 나이 든 할머니들이다. 그들은 노점이나 식당 운영을 통해 평생 애써 모은 돈을 기부한다는 공통점을 가지고 있다. 이것이 우리나라의 현실이다. 정작 재산을 사회에 환원해야 할 사람들은 미동도 하지 않고 있으며, 사회 전체적으로 기부와 사회 환원에 대한 의식 수준이 상당히 뒤떨어져 있다.

여유 재산의 사회 환원은 자식을 게으름뱅이나 복권의 주인공으로 만드는 상속보다 훨씬 아름답고 값진 일이며, 이 나라 후손들을 위한 아름다운 투자이다. 어렵고 힘든 이들을 위해 양식을 나눠주고 배움의 길을 열어주는 일이기 때문이다. 자식을 위한 유산은 한두 명의 자녀가 편하게 사는 정도로 그치지만 사회를 위한 환원은 수십만 명이 행복해질 수 있는 묘약인 것이다.

"내 나이에 벌써부터 무슨 재산정리?"라고 말하지 마라. 지금 당장 하지 않더라도 어떻게 쓸 것인가를 생각한 사람과 그런 생각을 전혀 하지 않은 사람의 차이는 크다. 모든 것은 준비가 필요하다. 더욱이 피땀 흘려 모은 돈을 처리하는 데는 신중한 생각과 판단이 필요하다.

당신이 지금 50대라면 마음을 비우고 생각해 보기 바란다.

'재산을 자식에게 물려줘야 할 것인가, 아니면 더욱 소중하고 값지게 쓸 것인가?' 하고 말이다.

영혼을 살찌우는
봉사를 해라

나무는 그 열매에 의해 알려지고, 사람은 일에 의해 평가된다.
_ 탈무드

노벨평화상을 수상한 지미 카터 전 미국 대통령은 "대통령직은 더 큰 일을 하기 위한 일시적 과정에 불과했다."고 말했다. 자신의 말대로 그는 퇴임 후 비영리조직인 '카터센터'를 건립해 국내외의 정치적인 이슈와 관련한 갈등 해소, 민주주의 확립과 인권 신장, 질병 퇴치 등을 위해 끊임없이 노력해 전 세계인의 존경을 받고 있다. 특히 그가 세상에 봉사하는 전직 대통령으로 널리 알려진 것은 밀러드 플러 부부가 시작한 '해비타트Habitat 운동'에 자원봉사자로 참여하면서부터다.

지난 1984년 뉴욕에서 열린 작은 규모의 노동수련 캠프를 카터 대통령이 인솔했던 것이 해비타트 '지미 카터 워크 프로젝트'의 시작이었다. 그로 인해 무주택 서민들에게 집을 지어주는 해비타트 운동이 전 세계적으로 알려졌고, 기금 모금, 자원봉사자 확보, 택지와 자재들을 기탁 받는 일 등이 수월해졌다.

많은 사람들이 "나도 나이 들어 먹고 살만 하면 봉사나 하면서 살아야지."라는 말을 한다. 하지만 봉사란 어느 날 여유가 생겼다고 해서 시작할 수 있는 것이 아니다. 사전에 마음의 준비가 되어 있어야 한다. 대변이 묻은 옷을 세탁할 수 있어야 하고, 몸이 불편한 사람들을 목욕시킬 수 있어야 하며, 아무 대가도 없이 땀과 노력을 쏟아야 한다. 어쩌다 한두 시간 크게 힘들지 않는 선에서 깨끗하고 쉬운 일로만 봉사활동을 하겠다는 생각을 갖는다면 처음부터 하지 않는 것이 바람직하다는 얘기다. 그렇기 때문에 많은 사람들이 봉사활동에 참여하겠다는 생각을 갖고 있다가도 막상 행동으로 보여줘야 할 시간이 되면 선뜻 참여하지 못하는 것이 현실이다.

우리 사회에는 노인이지만 봉사활동으로 아름다운 노년생활을 하는 이들이 적지 않다. 일주일에 두 번씩 노인들에게 무료급식을 하는 복지관에서 5년 넘게 주방 일을 해오고 있는 60대 후반의 임 씨, 어린이집을 찾아다니며 동화 구연을 하여 어린이들에게 희망과 즐거움을 선물하는 64세의 김 씨, 이사 가는 집에서 나오는 폐지나 재활용품을 수거하여 판매수익금을 매월 한 장애복지단체에 기부하는 70세의 최 씨 등 찾아보면 노년의 숨은 봉사자들이 많다.

이들에게는 대체로 두 가지 이유가 있다. 하나는 사회를 위해 작은 일이나마 마음에서 우러나오는 봉사활동을 하고 싶은 것이고, 또 다른 하나는 봉사활동 자체를 통해 자신의 건강도 유지하기 위해서이다. 후손들을 위해 아름다운 세상을 만들겠다는 그들의 봉사활동은 매우 값진 일이 아닐 수 없다. 또한 그들 자신도 봉사활동을 통해 큰 즐거움을 얻으니 이보다 좋은 일이 또 있겠는가.

또한 그 사람들에게는 몇 가지 공통점이 있다. 돈에 대한 욕심이 많지 않다는 것, 자신보다 어렵고 힘든 이들을 위해 자신을 던진다는 것, 누가 칭찬하거나 인정해 주지 않아도 개의치 않는다는 것, 자신의 건강이 허락하는 한 계속하겠다는 것 등이다.

최근 들어 50대의 사회봉사 활동도 꾸준히 늘고 있는 추세라고 한다. 한국자원봉사센터협회(www.kavc.or.kr, 국번 없이 1365) 이연경 대리는 "2005년 12월 기준으로 50세 이상의 자원봉사자는 총 55만 명이며, 1년 만에 27만 명이나 늘었다."고 한 신문과의 인터뷰를 통해 밝혔다. 바람직한 현상이라는 생각이 든다.

나보다 더 힘든 이웃, 나보다 더 슬프고 불행한 사람들을 위해 무엇이든 할 수 있다는 것은 우리의 삶을 좀더 건강하게 이끌어가는 길이다. 또한 나이 들어가는 것에 대한 초조함이나 서글픔, 외로움 등으로부터 우리를 지켜주기도 한다. 봉사를 하려면 무엇보다도 마음을 비워야 한다. 그리고 시간이 나고 경제적으로 여유가 생기면 하겠다는 생각은 버리고 지금부터라도 시작해야 한다.

제2장

뜨겁게
당당하게
사랑하라

나이 들수록 혼자는 외롭다. 배우자와 함께 건강

하고 행복한 일상을 가꾸어라. 가부장적인 사고에서 벗어나 먼저 이해하고
많이 아껴주고 후회 없이 사랑해라. 혼자되어 재혼 상대나 새로운 연인을
만났다면 머뭇거리지 말고 당신의 내면을 활짝 열어라. 그리고 사랑해라.
사랑은 건강과 즐거움을 위한 엔돌핀이자 묘약이다.

다시 가족을
생각하라

가정은 나의 대지이다.
나는 거기서 나의 정신적인 영양을 섭취하고 있다.
_ 펄 벅

온 가족이 한자리에 앉아 즐거운 이야기를 나누거나 아이들 재롱에 웃음을 터트리는 시간은 결혼 후 10여 년이면 막을 내린다. 중고등학교에 들어가면 아이들은 입시지옥에 빠져들고 부모는 교육비 마련에 동분서주하는 나날이 이어진다.

그렇게 살다가 어느 날 문득 거울을 보았을 때 이미 주름살이 깊어지고 흰머리가 절반을 차지하는 자신을 발견한다. 결혼 후 20여 년의 세월이 거기 새겨진 것이다. 아내는 아이 둘에 남편까지 합쳐 애 셋을 키우고 돌보느라 자신의 세월이 어디로 갔는지 모르겠다는 생각을 하게 되며, 남편은 먹이고 가르치느라 옷 한 벌 제대로 사 입지도 못하고 늙어버린 자신의 모습을 보며 고독에 빠져든다. 그렇지만 정신없이 흘러간 청춘을 안타까워하기보다는 앞으로 남은 시간에 대한 계획이 더 절실하다.

자녀들이 대학생이 되면 대부분의 부모는 50대에 들어선다. 그때부터 부모들은 철저하게 자신들의 인생을 살아야 한다. 자녀들과 자신들의 삶을 하나로 묶지 말고 분리시켜 생각해야 하며, 앞으로 30여 년을 어떤 일을 하며 어떻게 살아갈 것인가에 대해 계획을 세워야 한다. 일, 휴식, 취미생활, 여행 등에 대해 가능한 한 구체적인 계획을 짜고 그에 맞춰 살아가는 노력이 필요하다.

성인이 되면 자녀들은 자신의 인생을 스스로 펼쳐나갈 수 있어야 한다. 스스로 알아서 취업하고 결혼할 수 있도록 자립심을 키워주고 인생을 살아가는 지혜나 삶의 자세에 대해 조언은 할 필요가 있지만 일일이 취업을 걱정해 주고 결혼에 대해 관여하지 말기 바란다. 만일 자녀들이 사회활동을 하고 있는데도 결혼 계획을 세우지 않는다면 장기적인 차원에서 독립된 생활을 할 수 있도록 하는 것도 좋은 방법이다. 그것이 부모와 자녀가 서로에게 스트레스를 주지 않고 생활하는 길이다.

혹시 부모님을 모시고 사는 입장이라면 이 부분에 대한 준비도 필요하다. 부모님 모시는 일을 전적으로 아내에게만 맡겨서는 안 된다. 아내와 남편이 역할을 분담하고, 미혼인 자녀들이 있다면 그들에게도 역할을 부여하는 것이 좋다. 이를 테면 아침과 점심은 아내가, 저녁은 자녀들에게 책임지게 하고 병원에 가는 일은 남편이 맡는 것이다. 또 1년에 한두 번 해외여행을 계획했다면 다른 형제자매들에게 부모님을 돌보게 해서라도 자신들의 인생을 찾아야 한다.

50대부터 자신의 인생이 다시 시작된다고 생각해라. 사람마다 가정마다 처한 상황이 다른 만큼 어떤 형태가 정답이라는 말을 할 수 없다. 단, 인생

만큼은 각자의 몫으로 살아야 한다는 것이며, 가족이기 때문에 늘 한 집에서 함께 생활해야 하고 언제까지나 서로에게 관여해야 한다는 생각은 합리적이지 못하다는 것이다.

가부장적인 사고, 그건 불필요한 유물에 불과하다

사랑은 둘이 마주 보는 것이 아니라
함께 같은 방향을 쳐다보는 것이다.
_ 생 텍쥐페리

'이혼을 당할 것인가? 아니면 성격을 바꿀 것인가?'

만일 당신이 아내를 '매일 저녁 따뜻한 밥을 해놓고 기다려야 하는 사람'이라고 생각한다면 둘 중 한 가지를 택해야 한다. 지금 당신의 아내는 30년 전 그 사람일지라도 그녀의 내면은 더 이상 그 시절의 순종파 아내가 아니다.

우리나라 사람들의 경우, 남자는 나이가 들수록 아내에게 의지하려 하고 밖에서보다 가정에서 보내는 시간이 많아진다. 반대로 아내는 자신만의 시간을 갖고자 하며 밖에서 시간 즐기기를 좋아한다. 이 같은 상황에서 가장 많이 나타나는 것은 서로의 생활을 인정해 주지 못하는 데서 생겨나는 불협화음이다. 그 골이 깊어질 경우 남편들의 구속이나 가부장적인 사고방식에 반기를 드는 아내들의 '독립선언'으로 이어진다. 이른바 '황혼이혼'이 제기되는 것이다.

우리나라의 경우는 1990년대 후반부터 이혼이 크게 늘면서 20년 이상 살아온 부부들이 갈라서는 경우가 5배가량 증가하고 있다. 실제로 혼인기간을 기준으로 20년 이상 살아온 부부들이 이혼한 비율을 보면 1990년 5.2퍼센트에 불과했지만 2011년에는 24.8퍼센트로 증가한 것으로 나타났다.

황혼이혼은 남편보다는 아내가 원해서 하는 경우가 절대다수를 차지하며, 그 이유가 배우자의 부정행위나 경제적 사유이기보다는 70퍼센트 이상이 성격 차이나 폭행 등의 문제로 알려지고 있다. 이는 남성 중심의 가부장적 가족문화에서 성격 차이나 맞고 사는 것 정도는 참고 지내던 아내들이 나이가 들어 자신의 권리와 자유를 찾고자 하는 것으로 받아들여진다.

이런 아내들의 심정을 남편들은 헤아려야 한다. 아내도 취미생활을 즐길 만한 자격이 있고 친구들 만나서 맥주 한 잔 나누고 노래방도 갈 수 있는 것이다. 아내가 하고 싶은 일이나 즐기고 싶어 하는 취미가 있다면 적극 도와주어야 한다. 또 여러 모임에 나가 자유롭게 인간관계를 형성하고 대화를 나누는 것도 필요하다. 아내에게도 그녀만의 삶과 생활이 있음을 인정해야 한다. 아내의 생활에 활력이 넘치면 가정에도 생기가 돌고 평화가 깃들게 된다.

분당서울대병원 신경정신과의 김기웅 교수는 언론사와의 인터뷰에서 "50대부터 부부관계가 종속적인 위치에서 평등 관계로 바뀐다."면서 "사회에서도 역할이 역전되는 경우가 많아 서로가 현실을 받아들이고 새로운 관계에 적응해 가야 한다."고 조언했다.

일본에서는 이미 20여 년 전부터 5, 60대 부부들의 이혼율이 급증했다.

이미 한발 앞서 황혼이혼이 등장한 만큼 최근 일본에서는 황혼이혼을 당하지 않으려는 남성들의 사전예방책이 화젯거리가 되고 있다. 도쿄에서는 50대 남성들을 대상으로 밥 짓기와 요리, 그리고 아내에게 애정 표현하기를 주요 프로그램으로 하는 '남편강좌'가 인기를 끌고 있다. 현대사회가 아내의 힘을 빌리지 않고 가능한 한 스스로 집안일을 할 줄 아는 남편, 더 나아가 아내를 즐겁게 해주는 노년의 남편이 되기를 요구하고 있기 때문이다.

50대가 되면서 집안에서의 남성(아버지)의 경쟁력은 여성(어머니)에 비해 현저히 떨어진다. 철마다 김치도 담가주고 밑반찬도 갖다 주고 손자도 봐줄 수 있는 엄마에 비해 아버지는 마땅히 해줄 것이 없어서 '효용가치'에서 한참 뒤지는 것이다. 또 '회사형 인간'이었던 50대 남성들은 퇴직 후 집에 들어앉아 관계의 단절을 겪는 반면, 여성들의 '네트워크'는 이때부터 본격적으로 작동한다. 자녀의 학업 뒷바라지도 끝나고 봉양할 부모도 세상을 떠나면 동창 모임, 계모임 등 크고 작은 모임을 통해 본격적인 '바깥 활동'에 나선다.

통계청에 따르면 2001년 117만 명이던 50대 여성 취업자는 2011년말 기준으로 205만 명으로 75퍼센트 이상 늘었다. 50대 초반은 '남편의 퇴직 때문에' 또는 '자녀의 사교육비를 위해서' 등 생계형 취업이 많지만 중후반으로 넘어가면 자아실현을 위한 취업이 많다는 점이 특징이라고 한다.

'황혼이혼'이라는 말에 당신이 지금 코웃음을 친다 해도, 어느 날 갑자기 당신의 아내로부터 "서류에 도장 좀 찍어줄래요."라는 말을 듣지 않을 것이라는 보장은 없다. 중장년층 남성이라면 한번쯤은 스스로 자신의 고집스런 성격이나 생활태도, 그리고 무엇보다 아내를 대하는 태도에 대해 고민하고 바꾸려고 노력해 보아야 한다.

남자들은
앞치마를 즐겁게 둘러라

첫눈에 반하기란 쉽지만 기적이 이루어지는 것은
두 사람이 여러 해 동안 마주 보고 난 뒤의 일이다.
_ 샘 레벤슨

대개 남자들보다 여자들의 수명이 긴 것과 관련하여 최근 색다른 연구 결과가 발표되었다.

"남자들이 아이들을 돌보고, 설거지를 하고, 청소를 하는 등 집안일을 더 많이 할수록 더 오래 살게 될지 모른다."라고 호주 과학자들이 주장한 것이다. 호주 빅토리아 대학 연구팀은 뉴사우스웨일스 대학에서 열린 학술 세미나에서 남자와 여자들의 시간 보내는 방법에 대한 연구 결과를 발표했다. 연구팀은 남자가 여자보다 더 많은 여가 시간을 갖고는 있지만 '의미 있는 활동'을 하는 데 쓰지 않기 때문에 권태를 느껴 빨리 죽을 가능성이 있는 것으로 나타났다고 밝혔다.

실제로 남자들이 권태를 느끼면 술을 마시거나 담배를 피울 가능성이 더 높아지고, 하는 일 없이 오랫동안 소파에 앉아서 텔레비전을 시청하다 보면 당뇨와 비만이 발생할 가능성 또한 높아진다. 이 연구 결과를 토대로 남자들에게 '오래 살기' 위해 집안일을 즐기라고 말하려는 것은 아니다. 오히려 '생존'을 위해 남자도 집안일을 할 줄 알아야 한다는 것이다.

우리나라의 경우 맞벌이 가정이라 하더라도 대다수의 가정에서 집안일은 전적으로 여성에게 떠맡겨진다. 일부 젊은층에서는 남성들이 가사노동을 분담하는 가정도 있지만 아직까지는 여성들에게 그 무게가 편중되어 있는 것이 현실이다. 최근 서울시가 행한 가사노동 관련 설문조사 결과를 보면 실상이 확연히 드러난다. 맞벌이 부부의 경우 퇴근 후 시간 활용 상황을 보면 여성의 절반(50.4퍼센트)이 '가사와 육아'로 시간을 보낸다고 답했다. 반면 남성들은 10.3퍼센트만이 이를 돕는 것으로 조사되었다. 특히 맞벌이 남편 중 12퍼센트는 퇴근 후 '전혀' 가사노동에 참여하지 않는다고 답했다.

맞벌이든 아니든 젊은 시절에는 여성이 집안일을 전적으로 책임졌다고 치자. 나이가 들어서도 그럴까? 결코 그렇지 않다. 자녀들이 성장하면 여성도 남성과 마찬가지로 집안일을 기피하게 된다. 수십 년 동안 감수해야 했던 '주부'라는 직업으로부터 탈피하고 싶기 때문이다.

그래서 나이가 들면 아내들은 예전처럼 남편 시중드는 일에 시간과 노동을 투자하려 하지 않는다. 50대 이상의 여성들에게 '곰탕 끓여놓고 여행이나 가자'는 말이 유행어처럼 떠돌기 시작한 지 오래다. 그나마 곰탕이라도 끓여놓으면 감사해야 한다. "나 계모임에서 동남아 여행 가니 알아서 잘 챙겨 드세요."라는 말 한마디로 끝내는 여성들도 많다. 여기에 이의를 제기하거나 화를 내는 남편이 있다면 아내는 이렇게 말할 것이다. "나는 몇십 년 동안 그 일을 했는데 당신은 일주일도 못해요?"라고. 결코 잘못된 말이 아니다. 다만 가사노동을 할 준비가 되어 있지 않은 남자들에게 야박하게 들리는 것뿐이다.

중장년 남성들이여! 당신은 60세가 넘어서도 아내가 저녁을 차려주지 않는다고 해서 허구한 날 식당에 의지할 것인가? 아니면 친구와의 술자리만 찾아다닐 것인가?

이제부터라도 과감하게 앞치마를 입어라. 휴일 또는 일찍 퇴근한 저녁, 아내를 도와 가사노동에 참여해라. 밥 짓고 요리하고 세탁하는 등의 기본적인 가사활동을 지금부터 손에 익혀라. 필요하다면 요리학원을 다니는 것도 생각해 볼 일이다. '남자가 자존심이 있지. 어떻게 그런 일을 해.' 라고 생각된다면 군 시절을 되돌아보아라. 당신이 할 수 없는 일이란 없을 것이다.

직접 몸에 좋은 음식을 요리해 먹고 세탁기를 돌리며 청소기를 밀고 다니는 일 정도야 아주 가벼운 일상으로 여긴다면 설령 아내가 모임이나 일 때문에 저녁을 차려주지 않더라도 걱정할 필요가 없다. 이는 생존을 위한 가장 기본적인 활동인 동시에 여성에게 의존하는 삶으로부터의 독립을 의미한다. 또 아내와 사별을 한다 하더라도 자식들에게 식사에 대한 걱정과 부담을 주지 않게 된다. 가사노동을 잘 해내는 것도 꼭 필요한 노후준비 중 하나인 것이다.

자녀들과
떨어져 살아라

최고의 유산은
자립해서 제 길을 갈 수 있는 능력을 길러주는 것이다.
_ 이사도라 던컨

노후를 여유롭게 즐기려면 돈이 얼마나 필요할까?

얼마 전 한 보험사가 내놓은 답은 1년에 5천6백만 원이다. 부부가 노후에 건강을 챙기면서 품위있게 골프도 치고 해외여행도 다니려면 이 정도는 있어야 한다고 한다. 이 계산을 생각하면 가슴이 답답해진다. 그 돈을 깎고 깎아도 1년에 2천7백만 원은 돼야 평균적인 생활을 할 수 있다고 하니 최소한의 노후준비마저도 만만치 않다.

그런데도 50대의 다수는 아직도 자신의 노후준비보다 자녀 뒷바라지에 얽매여 있다. 현대 사회는 '50대 이후부터 새 삶을 찾으라'고 요구하지만 이들은 여전히 자식에 매인 채 어찌할 바를 모르고 있다.

서울시립대 도시사회학과 이윤석 교수는 한 언론과의 인터뷰를 통해 "50대는 혈연과 직장 등 집단 중심으로 살아왔으나 이제는 각자 알아서 사는 시대를 맞았다."며 "현실적으로 인생의 가장 오랜 길벗이 될 사람은 배우자밖에 없다는 것을 알지만 행동은 자식을 향해 있는 모순에 빠져 있다."고 말했다.

우리나라 사람들은 아직도 자식을 언제까지나 품에 끼고 살려는 성향이 강한 편이다. 말로는 자식과 함께 사는 것이 싫다고 하는 이들도 있지만 속내를 보면 절반 이상이 은근히 함께 살았으면 하는 바람을 갖는다. 특히 50대 이후의 부모들은 이 같은 심리가 비교적 강한 편이다. 문제는 이런 부모의 마음을 자식들이 충족시키지 못할 때 부모는 자식에 대한 배신감 내지는 서운함을 늘 가슴에 묻고 살게 된다는 것이다.

애지중지 키우고 입히고 가르쳐서 어엿한 사회인으로 성장했다면 그동안 자식에게 묶어두었던 마음의 끈을 풀어버려야 한다. '품 안의 자식'이라고 했다. 성인이 되면 자식은 언제든지 부모를 떠날 수 있으면 떠나야 한다. 자식은 부모의 소유물이 될 수 없으며 부모 또한 평생 자식의 도우미일 수는 없다. 우리 모두는 독립된 개체이므로 각자의 삶을 꾸려나갈 수 있는 성인이 되면 스스로 자신의 인생을 펼쳐나가야 한다. 왜 자식과 함께 살기를 원하는가? 이미 우리 사회가 핵가족화 되어 있고 젊은 세대들이 독립된 생활을 원한다는 것을 알면서도 굳이 자식과 함께 살고자 하는 이유는 무엇인가? 효도 받고 싶어서? 아니면 아직도 물가에 내놓은 아이처럼 못 미더워서? 5, 60대까지도 자식들에게 헌신하는 당신에게 자식들이 그 보답을 해줄 것이라고 생각한다면 그것은 엄청난 착각이다.

일본의 한 학자는 "늙어서 자식이 효도해 주길 바라지 말아야 한다. 자식은 성장하는 동안 이미 충분히 효를 행했기 때문이다. 갓난아기 때는 방긋 방긋 웃으면서, 학창시절에는 공부나 또 다른 성과를 통해 수시로 부모를 즐겁게 해주었기 때문에 자식이 성인이 된 이후에도 줄곧 자신들을 행복하게 해주길 원하는 것은 욕심이다."라고 밝힌 바 있다. 이 말에 적지 않은 일본인들이 공감했다고 한다.

물론 우리 정서와는 다르기 때문에 우리도 일본인 학자의 말에 갈채를 보내야 하는 것은 아니지만 분명한 한 가지는 늙어서 자식에게 짐이 되는 것은 부모나 자식들 모두에게 즐거운 일이 아니라는 것이다.

국내 K대학 K교수의 자녀교육 방침을 눈여겨볼 필요가 있다. 그녀는 항공사에 다니는 남편과의 사이에 딸 둘을 낳아 키웠다. 아이들에게 어렸을 때부터 '공부하라'고 강요하지 않고 왜 공부를 해야 하는지를 설명해 주고 늘 준비만 해주었다고 한다. 그리고 고등학교를 졸업하고 대학생이 되면 곧바로 독립을 시켰다. 방 한 칸 정도는 얻어 주지만 생활비와 용돈, 학비는 스스로 벌어서 충당하도록 했으며, 혹시 장학금을 받지 못해 자신들의 수입만으로 등록금이 부족할 때는 보태주는 방법을 택했다. 딸들은 명문대를 다니면서도 주유원, 우유배달, 신문배달 등 각종 아르바이트와 일로 돈을 벌며 학업에 충실했다. 큰딸은 이미 졸업 후 취업을 했고, 둘째딸은 아직 대학에 다니고 있다.

눈에 넣어도 아프지 않다는 귀여운 딸들을 이렇게 내몰고 어떤 엄마가 마음이 좋겠는가? K교수도 속으로는 마음이 많이 아프고 안쓰러웠다고 한다. 학교 보낼 만한 돈이 없는 집도 아니고 얻어다 키운 딸도 아닌데 K교수는 왜 그런 방식을 택했을까? 우리 시대 자녀들의 가장 큰 문제점은 독립심과 의지력이 약하다는 것이다. 바로 그것 때문에 K교수는 스스로 자기 인생을 개척해나갈 힘을 키우기 위해 일찌감치 고생을 체험하도록 만든 것이다.

70년대 산아정책 즈음에 자녀를 둔 부모들은 자녀가 하나 둘이다 보니 오직 자식을 위해 모든 것을 쏟아부으려 했다. 특히 자신들이 전후세대로 성장기에 온갖 고생을 한 만큼 자식들만은 고생시키지 않겠다는 생각으로 무조건 잘해 준 것이다. 그러다 보니 결국 자녀들은 어른이 되어도 부모 곁을 떠나지 못하는 캥거루족이 되고 말았고, 결혼을 하고서도 아이를 돌봐주고 김치를 담가주는 것은 친정엄마의 몫으로 남았다. 바로 우리나라의 5, 60대들의 이야기다.

50대가 되면 늦둥이가 아닌 이상 자녀들의 나이가 만 20세 이상이 된다. 부모로서 할 일은 다 한 셈이다. 학비 정도야 도와준다고 쳐도 그 외의 것은 도와줄 필요가 없다. 자식들 스스로 독립하여 자기 인생을 개척하도록 유도해라. 그리고 여유시간을 당신 자신의 삶에 쏟아부어라.

유언장을 써라

문제는 어떻게 죽느냐가 아니고 어떻게 사느냐이다.

_ 제임스 보즈웰

○○아빠! 사랑해요. 하고픈 말은 너무 많지만 깜박깜박 언어 전달이 제대로 되질 않네요. 점점 죽을 때가 가까워지는 것 같아요. 항상 건강하고 행복하게 살고 돈도 많이 벌어 소원성취하길 날마다 하늘에서 기도 드릴게요. 사랑한다는 말은 늘 입속에서만 맴돌 뿐 한 번도 해보지 못했네요. 나도 언젠가는 사랑한다는 말을 해보고 싶었어요. 사랑한다는 그 말이 왜 그리 쑥스럽기만 했는지… 이젠 자연스럽게 말하고 싶어요. "여보… 사랑해요… 당신을 만나 행복했어요."

당신을 사랑하면서도 사랑한다는 표현도 제대로 하지 못한

바보 같은 당신의 아내가 2005. 08

〈청주 성모 꽃마을 2006년 10월 소식지에서〉

죽음을 한 달 앞둔 암투병중인 아내가 남편에게 남긴 유언장의 일부이다. 짧은 몇 줄의 편지글 같은 유서에 많은 것을 생각하게 하는 내용이 담겨 있다.

유언장 쓰기가 유행처럼 퍼진 적이 있다. 유언장을 쓰는 모임이 생기기도 하고 인터넷 홈페이지가 만들어지기도 했다. 또, 모 출판사에서는 문인들의 유언을 모아 책으로 펴내기도 했다. 그런가 하면 기업체 신입사원 연수 프로그램으로 도입된 사례도 있었다. 신입사원에게 유언장을 써보라고 권유한 기업의 속내는 사실 치열한 경쟁 사회에서 죽을 힘을 다해 기업에 헌신하라는 다짐을 받고자 한 것이리라.

우리의 목숨은 영원하지 않다. 언젠가는 다시 흙으로 돌아가게 된다. 누구나 다 아는 사실이지만 현실만 직시하다 보면 이 같은 사실을 까마득히 잊고 살게 된다. 어느 날 갑자기 죽음의 문턱에 서게 될 때에야 '아, 이렇게 떠나는구나.' 하고 느끼게 된다.

건강하게 활동할 때 단 한 번만이라도, 언젠가는 자신도 생의 마지막을 맞이해야 한다는 자각과 함께 유언장을 써보기 바란다. 여러 번 반복할 일은 아니지만 한번쯤은 이런 시간을 가져보는 것이 지나온 삶에 대한 스스로의 평가와 반성의 시간을 갖게 하고 앞으로 남은 삶을 보다 알차고 후회 없이 살게 하는 데 큰 도움이 된다.

40대 후반의 한 주부가 아들과 남편에게 '임종체험'이라는 것을 해보자고 제의했다. 어느 비 오는 가을 오후, 경기도 어느 시골에 있는 체험장으로 갔는데 그곳에 들어설 때만 해도 세 식구는 웃는 얼굴로 '재미있는 특별한 체험' 쯤으로 여겼단다. 하지만 막상 관이 놓여 있고 저승사자가 지켜보는 유언실에서 각자 유언장을 써서 돌아가며 읽는데 남편과 아들, 자신도 엄청나게 눈물을 흘렸다고 한다.

남편은 아내와 단둘이 해외여행 한번 해보지 못했고 아들에게 자상하게 '사랑한다'는 말 한마디 못했던 것이 너무도 후회스럽다고 했다. 아내는 떠나는 순간에도 살림이라고는 아는 것이 하나도 없는 남편이 걱정스러워 옷은 어디에 있고 주방의 서랍 몇 번째 칸에는 무엇이 있다고 말하는가 하면, 평소 반찬투정을 자주 하던 아들에게는 시장 몇 번째 반찬가게 아줌마의 반찬이 아들 입맛에 맞을 거라는 것, 매사에 욕심이 없어 자기 것을 잘 챙기지 못하는 편이니 배우자감을 고를 때는 욕심도 있고 야무진 여자를 택하라는 말까지 전했다. 대학교 1학년인 아들은 엄마가 그렇게 원했던 법대에 가지 못한 것이 너무 죄스럽고 미안하며 말은 안했지만 버스 운전을 하는 아버지를 이 세상에서 가장 존경한다고 했다.

이들 세 식구는 임종체험을 마친 이후, 서로가 쑥스러워 하지 못했던 애정 표현과 감사 표시도 잘하게 되었고, 가족이 함께 보내는 시간을 더 자주 갖게 되었다고 한다.

가족들이 동의한다면 이 같은 임종체험도 해볼 만한 일이다. 가족간에 평소에 서로 못다 한 속 깊은 얘기를 전할 수 있는 데다 살아 있는 순간이 소중하다는 것을 느껴봄으로써 서로에 대한 관심과 사랑이 더욱 커지는 기회가 된다.

하지만 임종체험이 불가능하다면 조용한 시간 혼자만 있는 공간에서 자신의 유언장을 써보자. 유언장이라고 해서 거창할 것은 없다. 유언장은 작성자 본인보다도 사랑하는 가족을 위해 만드는 것이라고 할 수 있다. 따라서 가족과 가까운 이들에게 하지 못했던 말이나 미안했던 일들을 생각나는 대로 적어 내려가면서 생의 마지막 순간의 기분을 체험해 보는 것이다. 또 자신의 재산을 가족들에게 나누어주어야 하는 가장이라면 그에 따른 내용도 구체적으로 적고 자산 처리를 담당할 유언집행도 지정해야 한다. 만일 자녀의 연령이 19세 이하일 경우에는 자녀 및 재산을 관리할 후견인도 지정해야 한다. 이외에도 미리 써보는 유언장이므로 죽기 전에 해보고 싶었던 것이 있다면 그것에 대해서도 적어보자.

이렇게 유언장을 작성한 후 다시 한 번 읽어보면 앞으로 남은 시간 동안 자신이 해야 할 일이 무엇인지를 알 수 있을 것이고, 그동안 자신이 소홀했던 일이나 사람들에 대해 지금부터라도 마음을 전할 수 있는 시간을 갖게 될 것이다.

한편 작성한 유언장은 훗날 가족들이 쉽게 찾을 수 있도록 보관하거나 유언장에 밝힌 지정 유언집행인에게 보관토록 한다. 유사시 실제 유언장의 효력을 발생시킬 수 있다.

유언장에 꼭 써야 할 것들

1. 반드시 용서를 받고 싶었던 자신의 잘못이나 죄

2. 재산에 대한 처리 (형평성을 고려하고 법적용을 살핀 후 기록)

3. '사랑한다', '좋아한다' 라고 말하고 싶었지만 하지 못한 사람들에게 담아 두었던 말 전하기

4. 존경하거나 늘 고맙다고 생각했던 사람들에게 감사의 표현하기

5. 꼭 만나고 싶었지만 못 만난 사람들에게 아쉬움 전하기

6. 꼭 했어야 하는데 못한 일들

7. 자식이나 배우자가 대신 꼭 처리해 주었으면 하는 일

8. 자식이나 배우자에게 꼭 물려주려고 보관해 왔던 것이나 장소

마음속을
즐겁게 드러내라

어떤 사람에게 이미 마음을 열어줬으면
그 사람에게 입을 다물고 있지 말라.
_ 찰스 디킨스

　어느 날 당신이 아내에게 "당신 요즘 수영하더니 더 예뻐졌어. 뽀뽀해 줄
까?"라고 말한다면 당신의 아내는 어떤 반응을 보일까? 마찬가지로, 자녀
나 친척이 있는 자리에서 아내가 "당신은 언제 보아도 멋있어요. 사랑해
요."라고 말한다면 당신은?

　우리나라의 기성세대로 불리는 사람들, 이를 테면 1960년대 전후에 출생
한 50대 이후 중장년층 남성들은 애정표현에 약하다. 그들의 대다수는 아내
에게 '사랑한다'는 말을 하지 않는다. 심지어 부부만의 사랑을 확인하는 침
실에서마저도 '사랑한다'는 말은 하지 않는다. 정도의 차이는 있더라도 아
내들 역시 마찬가지다. 그들은 마음속으로는 상대가 애정을 표현해 주길 원

하면서도 막상 표현을 하면 그것을 받아들이는 데 익숙하지 못하다.

중장년층 부부들은 과연 서로의 애정표현이 싫은 것일까? 사실 싫은 것은 아니다. 단지 그들은 표현을 자제하는 문화 속에서 살아왔기 때문에 갑자기 겉으로 드러내는 애정이 쑥스럽고 멋쩍게 느껴지는 것이다. 더군다나 부부가 남들 앞에서 신체적 접촉을 하거나 너무 사이좋게 보이면 낯 뜨거운 일이라 여기고 예의가 아니라고 생각하는 것이다.

시대는 달라졌다. 젊은이들은 길거리에서도 서로 껴안고 키스를 한다. 여자가 남자에게 먼저 접근하여 관심을 표명하는 것도 그다지 이상하게 느껴지지 않는 시대에 우리는 살고 있다. 설령 젊은 세대들처럼 다른 사람을 상관하지 않는 과감한 수준까지는 아니라 하더라도 서로가 서로에게 얼마나 소중한 사람인가를 끊임없이 확인시켜 주어야 한다.

'몇십 년을 함께 살아왔으니 이심전심으로 알 것이 아닌가' 라고 생각할 일이 아니다. 설령 알고 있다 해도 직접 자신의 입으로 표현하는 것과는 또 다르다. '표현되지 않은 것은 사랑이 아니다' 라는 말이 있다. 상대가 하지 않으면 먼저 시작해라. 친구들을 만나서 "우리 마누라는 애교라고는 찾아볼 수가 없어."라거나 "우리 남편은 목석이야."라고 말하기 전에 먼저 당신이 표현해라.

"사랑해.", "수고했어요.", "당신이 좋아하는 거여서 만들었어요.", "당신은 나이가 들어도 여전히 고와.", "당신을 만난 것은 행운이야." 등등 얼마나 좋은 말이 많은가!

말 한마디, 가벼운 스킨십이 사람을 얼마나 행복하고 즐겁게 하는지 경험해 보지 않은 사람들은 모른다. '사랑해!' 라는 한마디는 비타민 몇 알이 만들어주는 힘보다 더 강한 활력을 만들어낸다. 손을 마주잡고 걷거나 부드럽게 안아줄 때 우리의 몸은 신선한 기운으로 요동친다. 얼마나 좋은 일인가! 이 세상에 태어나 늘 사랑하고 아껴주고 싶은 사람이 있다는 것, 그리고 그 마음을 말과 행동으로 보여주어 상대를 행복하게 만드는 것. 애정 표현은 '행복비타민'을 만들어내는 일이다.

배우자에게 이렇게 애정을 표현해라

1. 가끔 데이트를 신청해라

한 달에 한두 번 서로에게 데이트를 신청해라. 집이 아닌 밖에서 만나 색다른 분위기에서 이야기를 나누며 맛있는 음식도 먹고, 영화도 보고 연애시절 같은 분위기를 즐겨라.

2. 메모나 메일로 솔직한 감정을 전달해라

다툼 후에 화해의 말을 꺼내기가 쑥스럽다면, 또 정말 고맙다고 말하고 싶은 일이 있었는데 표현하지 못했다면 글로 간단히 적어 보내라. 말로 하는 것보다 더 잔잔한 감동으로 전달된다.

3. 미소를 지어라

말로 하지 않아도 둘만이 통하는 언어는 미소다. 상대를 바라볼 때는 늘 미소를 지어라. 그 미소 속에는 깊고 깊은 둘만의 사랑이 오가고, 별다른 일이 없을 때에도 상대를 편안하게 해준다.

4. 칭찬의 말을 해라

"고마워요.", "수고하셨어요.", "고생했어요.", "당신의 요리솜씨는 최고야.", "자기처럼 멋진 남자는 없을 거야." 등등 소위 '닭살 돋는' 말이라도 자주 해라. 좋은 말은 좋은 일을 불러온다.

5. 감동이 있는 이벤트를 만들어라

아내의 생일에 아침상을 차려주는 남편, 결혼기념일에 홈파티를 준비하는 아내는 서로에게 감동을 주고 사랑을 전달하게 된다.

섹시한 시니어로
거듭나라

사람은 40대에 이르러서야 처음으로 참된 사랑을 알게 된다.
_ 괴테

    아내가 50대 중반이더라도 남편들은 그녀가 내복보다는 잠자리 날개 같은 잠옷을 입고 곁에 와주길 바란다. 마찬가지로 아내들도 외식할 때 흰머리 점퍼차림의 남편보다는 잘 어울리는 염색머리에 멋진 정장을 입은 남자이길 원한다.

    사람의 마음은 누구나 똑같다. 대충대충 옷을 입은 이성보다는 깔끔하고 세련된 복장의 이성에게 호감을 갖는다. 나이가 들어도 섹시함에 이끌리기는 마찬가지다. 여기서의 '섹시함'은 무분별한 노출로 인한 '섹시함'이 아니라 '매력', 즉 '호감'을 말한다.

    오랜 세월을 함께 살다 보면 절세미인으로 여겼던 아내가 이마에 주름살이 생기고 굴곡 없는 몸매의 평범한 아줌마로 변한 것을 보게 된다. 또한 영화배우 같은 얼굴에 건강미와 자신감이 넘치던 남편도 흰머리가 곳곳에 솟아나고 인생사에 지치고 술에 찌든 그저 그런 아저씨 중 한 사람이 되어버린다.

나이가 들면 누구나 늙는 데다 자식 키우느라 일 하느라 보통 사람들의 50대는 이런 모습으로 남기 십상이다. 십중팔구는 어느 날 거울 속 자신의 모습에 놀라서 '이건 아니다!' 싶은 낭패감과 탈출하고픈 욕구를 동시에 느끼게 될 것이다. 그후로는 조금이라도 젊고 멋있어지려고 노력을 하게 된다. 문제는 가족이 아닌 다른 사람에게 그렇게 보이려 애를 쓰느라 외출할 때에만 노력을 기울인다는 데 있다.

하지만 당신의 젊고 멋진 모습을 가장 원하는 사람은 바로 집에 있는 당신의 배우자이고 가족이다. 밖에서 만나는 사람들에게 "열 살은 더 젊어 보인다."는 말을 듣는 것도 좋지만 그런 모습을 가장 좋아할 사람은 바로 함께 사는 배우자가 아니겠는가?

인간은 누구에게서나 늘 똑같은 모습보다는 신선한 모습을 좋아한다. 특히 이성에게서는 작은 변화 하나만으로도 놀라고 신선한 자극을 받는다. 배우자는 서로에게 '너무 중요한 이성'이 아닌가? 이제부터라도 배우자 앞에서는 더 섹시해지자.

남편들은 일 때문에 늦게 귀가하더라도 귀찮아하지 말고 말끔하게 샤워를 해라. 아내는 집에 있다고 해서 하루 종일 색 바랜 바지만 입고 있지 말고 남편이 퇴근하여 돌아오는 시간에는 꽃무늬 치마나 가볍고 산뜻한 옷차림을 해라. 함께 외출할 때는 상대가 입는 옷의 분위기와 컬러를 고려하여 적당히 보조를 맞춰라.

그리고 주의해야 할 또 한 가지는 말투다. 늘 함께 생활하는 배우자라고 해서 식사할 때 함부로 트림을 하거나 '야!', '이봐!' 라고 함부로 부르지 마라. 자신을 섹시한 사람으로 만드는 것은 특별한 것이 아니다. 옷, 말, 행동, 분위기 등을 보다 센스 있고 젊게 바꾸는 것이다.

섹스는
최고의 비타민이다

진심으로 사랑하는 사람은 결코 늙지 않는다.
_ 아서 피네로

　'노인의 성 문화'와 관련하여 국내의 한 남성클리닉이 설문조사를 실시했다. 노인 남성들을 대상으로 한 이 조사 결과에 따르면 65~70세 노인 중 90퍼센트가 아직 성욕이 있다고 대답했다. 또 이들 중 78퍼센트는 지속적인 성생활을 하고 있는 것으로 나타났다. 또 다른 조사에서는 65세 이상 남자의 70퍼센트, 여성의 50퍼센트 정도가 적어도 한 달에 한 번 이상 자위행위를 즐기고 있으며, 대부분의 노인은 이성에 대해 성적 욕구를 느끼고 성적인 상상을 한다고 한다. 또 기회만 되면 새로운 이성 친구를 사귀고 싶다고 대답한 경우도 절반이 넘었다.

　6, 70대라고 해서 성생활이나 이성에 대한 관심도 정년퇴직했으리라 생

각한다면 그건 착각이다. 노년의 성에 대한 관심도 젊은 사람들과 그다지 차이가 없다는 사실이 이미 여러 차례에 걸쳐 밝혀졌다. 신체적으로 많은 문제가 예상되는 나이임에도 불구하고 젊은이와 마찬가지로 성적 욕구가 있으며 적지 않은 노인들이 성생활을 하고 있다.

나이가 들면 생리적으로 성욕이 감소하고 성기능도 떨어지기 마련이다. 이 때문에 과거엔 남성의 경우 발기부전을, 여성은 폐경을 성적 자아를 상실하는 시점으로 받아들였다. 또 나이 많은 사람이 성에 관해 남다른 관심을 보이거나 정력을 과시하면 '주책'이라고 힐난을 하기도 했다. 그러나 시대는 달라졌다. 이제는 발기부전이나 폐경이 더 이상 성생활을 가로막는 장애물이 아니다. 비아그라를 비롯한 여러 가지 발기부전 치료법들은 80대 노인도 성교가 가능하도록 만들었다.

문제는 노년이 되기도 전에 많은 중장년층들이 자신의 성적 능력을 의심하거나 소극적으로 성생활을 한다는 데에 있다. 중장년층 남성들 중 적지 않은 수가 특별히 아픈 곳이 없는데도 무력감과 피로감을 자주 느낀다고 한다. 이와 함께 성욕마저 눈에 띄게 줄어 배우자와의 잠자리가 소원해짐으로써 그로 인한 스트레스도 적지 않다고 한다.

실제로 대한남성과학회가 발표한 자료에 따르면 우리나라 남성들의 발기부전은 40대에 40퍼센트, 50대에 50퍼센트에 달한다고 한다. 여성들도 40대 후반 또는 50대 이후 폐경기를 거치면서 갱년기 증세로 성생활에 무감각해지는 이들이 많다. 특히 50대 이후의 여성들 중에는 남편과의 잠자리를 귀찮아하는 이들이 많다.

세월의 흐름에 따라 나타나는 노화는 누구도 어쩌지 못한다. 하지만 나이를 핑계로 섹스를 일찌감치 정년퇴직시켜서는 안 된다. 무엇보다도 부부가 적극적으로 성생활을 개선하려는 노력이 필요하다. 우리의 옛 속담에

'속궁합 좋은 부부가 오래 산다'는 말도 있지 않은가. 이는 의학적으로도 상당히 근거 있는 말이다. 건강한 성생활은 남성의 경우 사회활동에 자신감을 주고, 일에 대한 열정을 불러일으켜 성공과도 깊은 연관을 갖게 한다. 또한 여성도 정신적·육체적으로 건강하고 만족스러운 가정생활을 꾸릴 수 있다. 남성, 여성 모두에게 건전하고 활력 넘치는 성생활은 건강도 유지시켜주며 부부가 오랫동안 희로애락 하는 지름길이 된다.

성생활에 활력을 불어넣는 몇 가지 테크닉

1. 부부가 함께 목욕을 해라

가끔은 부부가 함께 목욕을 해보자. 분위기 연출을 위한 소품을 활용하면 더욱 좋다. 은은한 향이 나는 아로마 향초와 한 잔의 레드와인까지 곁들인다면 분위기는 환상적으로 변할 것이다. 굳이 그런 연출을 하지 않더라도 같이 살을 맞대고 목욕하는 자체만으로도 육체는 활력으로 넘칠 것이다.

2. 음악으로 분위기를 만들어라

영국인들의 절반이 성관계 시 음악을 틀어놓는데, 마빈 게이의 'Sexual Healing' 과 'Let's Get it on' 을 가장 선호한다고 한다. 음악으로 침실의 분위기를 살려보자.

3. 오럴섹스를 감행하라

한국인들 중에는 오럴섹스를 '변태적인 성행위'쯤으로 생각하는 이들이 적지 않다. 오럴섹스는 성감도가 빨리 오지 않는 중장년들에게 좋은 치료책이 될 수도 있다. 생각을 바꿔 서로에게 사랑을 듬뿍 준다는 생각으로 행한다면 좋은 결과가 있을 것이다.

4. 스킨십을 자주 해라

함께 텔레비전을 보고 청소를 하는 일상생활에서는 물론이고, 가까운 거리의 산책을 즐기면서 신체접촉 기회를 자주 가져라.

5. 에로틱한 영화를 봐라

자녀들이 없는 시간이나 장소를 택하여 에로틱한 영화를 함께 보는 것도 좋은 방법이다. 수험생 자녀들이 있다면 가끔 모텔이나 호텔을 이용하는 것도 좋다.

6. 성기능 고민은 대화로 풀어라

성기능 장애가 있을 때 혼자 끙끙 앓지 말고 배우자와 함께 풀어나가는 것이 중요하다. 배우자와 진솔한 대화를 나누며 장애 극복을 위해 함께 노력하다 보면 심리적으로 편해져 상태가 호전되는 경우가 많다.

배우자의 입장에 서서
생각하라

가장 소름끼치는 불신은 바로 자기 안에 있는 불신이다
_ 토머스 칼라일

최근 한 기관에서 '가정폭력에 대한 조사'를 실시한 결과 가정폭력의 원인으로 '원활하지 못한 의사소통', '음주문제', '생활양식·가치관의 차이' 등에 이어 '의처증·의부증'이 네 번째로 많았다. 중장년층에게 의처증과 의부증은 결코 쉽게 넘어갈 주제가 아니다.

의처증과 의부증의 대부분은 35~55세 사이에 발병하는데 남성들의 경우 나이가 들수록 의처증이 발생할 여지가 많다. 일하는 시간이 줄어들고 친구를 만나는 시간도 줄어드는 반면에 가정에 있는 시간은 많아지다 보니 아내의 외출에 대해 신경을 곤두세우는 일이 잦아지는 것이다. 반대로 여성들의 경우 나이가 들수록 친구들과의 만남이나 모임에 더욱 적극적인 경우가 많다. 자녀들이 성장하여 특별히 신경 써야 할 문제나 집안일이 줄어들게 되므로 결혼 후 누리지 못했던 자유를 뒤늦게나마 만끽하고자 하는 심리가 강하기 때문이다.

여성들의 이러한 변화가 자연스러운 것이라고 인정하고 본다면 문제는 남성들 쪽으로 기울어진다. 당신의 나이가 50세 이상이라면 아내의 외출에 예민한 반응을 보이지 말아야 한다. "여자가 허구한 날 어디를 돌아다니는 거야?"라거나 "당신 어디 가서 누구하고 무슨 짓을 하고 들어왔어?"라고 말한다면 이미 의처증 환자가 된 거나 다름없다.

사랑은 어느 정도 상대에 대한 구속을 불러온다. 사랑하기 때문에 늘 함께 있고 싶어하는 것뿐만 아니라 자신이 싫어하는 것은 상대가 하지 않길 바라며 자신이 원하는 대로 따라주길 원한다. 하지만 아이든 어른이든 활동범위를 제한하면 역효과가 일어난다. 부부간의 관계에서도 마찬가지다. 사랑이라는 이름으로 구속할 것이 아니라 상대의 자유로운 사고와 활동을 인정해주어야 한다. 그러지 못하면 불협화음이 생길 수밖에 없다. 부부간의 불협화음은 곧 싸움으로 번지고, 그런 일이 쌓이면 의처증이나 의부증으로 발전하게 된다.

이른바 '오델로 증후군'이라고도 하는 의처증과 의부증은 배우자가 불륜을 저질렀다는 질투망상에 휩싸이고 그 망상 때문에 행동이상이 동반된다. 사회적인 요인도 크지만 남성의 경우 편집증적 성격의 소유자가 의처증에 걸리기 쉬우며 여성들 중에는 늘 의존적이어서 배우자가 옆에 있어야만 안심하거나 시샘이 많고 독점력이 강한 사람들에게서 잘 나타난다.

의처증과 의부증도 하나의 질병이다. 그런데 가장 큰 문제는 스스로 자신의 병을 인정하려 하지 않는다는 데 있다. 따라서 일단 진단이 내려지면 치료를 받기 위해 주위의 도움이 필요한데 특히 배우자의 역할이 중요하다. 약물치료와 정신치료가 병행되며, 장기간의 입원치료 후에 통원치료까지 받아야 한다. 이 과정을 잘 이겨낼 수 있도록 가족 모두가 함께 도와야 한다. 이 과정이 힘들고 고통스러운 만큼 되도록이면 질병 단계까지 발전되지 않도록 하는 것이 가장 중요하다.

사랑은 제한하는 것, 소유하는 것이 아니라 아름답고 소중하게 지켜주고 보살펴주고 존중하는 것이다. 사랑한다면 먼저 배우자를 전적으로 믿고, 그의 활동을 제한하기보다는 적극적으로 응원하고 후원해 주어야 한다. 배우자가 원하는 것을 자유롭게 할 수 있도록 돕는 사람이야말로 최적의 인생 동반자이다.

재혼
당당하게 하라

사랑하고 사랑받는 것은 태양을 양쪽에서 쪼이는 것과 같다.
_ 데이비드 비스코트

산다는 것은 그리 기쁜 일만도 아니다. 마흔만 넘어가면 남자든 여자든 친구들이 하나둘씩 떠나기 시작하고, 50대가 되면 이런저런 이유로 배우자도 떠나 혼자된 사람들이 의외로 많다. 이제 제2의 인생을 시작해야 하는 나이인데 혼자서 산다는 것은 생각만 해도 쓸쓸하고 괴로운 일이다.

한 재혼 컨설팅 회사에 따르면 회원들의 연령층은 30대에서 50대까지로 폭넓게 나타나는데, 2006년 회원 가입자 수가 전년 동기에 비해 40퍼센트 이상 증가했을 정도로 재혼에 대한 관심이 커지고 있다고 한다.

이 같은 트렌드는 긍정적으로 바라보아야 한다. 인생은 흘러가면 되돌아오지 않는 강물과 같다. 한 살이라도 젊을 때 자신이 살고 싶은 삶을 살아야 한다. 자식들 생각해서, 또는 주변 사람들 눈치 보면서 자신의 감정을 숨기고 억누르며 살아갈 필요는 없다. 적어도 자녀들이 미성년자가 아니라면 마음 놓고 재혼해도 좋다. 설령 미성년자라 하더라도 아이들에게 동의를 구하고 앞으로의 인생을 함께할 좋은 상대를 찾기 바란다.

하지만 우리나라 중장년층은 이성 문제에서 솔직하거나 적극적이지 못하다. 배우자와 사별했거나 이혼을 한 후로 혼자 살아가는 중장년층의 대다수는 곁에서 누군가 '재혼' 얘기를 꺼내면 얼굴색이 달라지면서 손사래부터 친다. 자신은 생각이 없다는 것이다. 아이들이 아직 학생이거나 출가 전이기 때문에 재혼에 대해 그다지 관심이 없다는 투다. 또는 시간이 좀더 흐른 후 생각해 보겠다고 한다.

과연 그들의 속마음도 그럴까? 십중팔구 그들은 혼자서 자식들 키우며 사는 과정이 너무 힘들고 외로워서 누군가라도 옆에 있었으면 하는 바람을 갖고 있을 것이다. 자신이 처한 경제적 현실이나 자녀들 눈치 때문에 겉으로 드러내고 싶지 않은 것뿐이다.

자식들 다 키워놓고 재혼을 한다는 것도 좋은 생각이다. 하지만 현실적으로 냉정하게 생각해야 한다. 경제적으로 매우 윤택하고 건강이 아주 좋은 입장이라면 모를까 60세가 넘은 나이에 마음에 맞는 상대를 만나 재혼하는 일이 마음만큼 쉬울까?

각자의 삶의 주인공은 자기 자신들이다. 자신의 삶은 자기 스스로 이끌어가야 한다. 그런데 우리나라 사람들의 경우 자식들에게 자신의 인생을 몽땅 헌신하려는 부모들이 적지 않다. 부모의 손길을 필요로 하는 어린아이나 청소년이 아니라면 자식을 위해 자신의 인생을 희생할 필요는 없다. 자식의 인생이 중요한 만큼 부모의 인생 역시 중요하다. 시간이 흐른 후 후회한들 소용이 없는 일이고 그 누구에게 원망도 할 수 없는 일이다.

서양속담에 이런 말이 있다.

"태양이 빛날 때 건초를 말려라."

이 말은 사정이 허락될 때, 기회가 주어졌을 때 최대한 활용하라는 것이다. 주위에 마음이 가는 이성이 있거나 이성을 소개받을 기회가 생긴다면 보다 적극적으로 나서라. 태양이 지고 나면 건초는 더디 마른다.

혼인 이전에는
모든 것에 신중하라

어려운 것은 사랑하는 기술이 아니라 사랑을 받는 기술이다.
_ 알퐁스 도데

50대 후반의 한 홀로 된 남성의 이야기다.

비슷한 처지의 마음에 드는 여성을 만나 서로의 마음을 확인하면서 교제를 시작했다. 그리고 집에도 몇 차례 오가면서 자식들에게도 인사를 시켰다. 그런데 어찌된 일인가? 본격적으로 재혼 선언을 하자 시집간 큰딸을 제외하고는 자식들이 극구 반대를 했다. 대학생인 둘째딸은 한바탕 울더니 그후로는 아예 눈도 마주치지 않으려 하고, 직장 다니는 아들은 가뜩이나 애교 없는 녀석이 더 무뚝뚝해졌고, 가족이 함께 식사를 하는 자리에서도 오가는 말 한마디 없이 분위기가 냉랭했다.

"내가 뭘 잘못한 걸까? 40대에 상처하여 지금까지 3남매를 혼자 키우면

116

서 좋은 시절 다 흘려보냈는데, 이제라도 짝을 만나 여생을 덜 쓸쓸하게 살고 싶은 것이 욕심인 걸까?"

이야기의 주인공은 이렇다 할 해결책을 찾아내지 못하고 고민만 깊어지고 있다고 했다.

자녀들의 재혼 반대가 심한 경우는 또 있다. 배우자와 사별하거나 이혼한 지 불과 몇 달이 지나지 않았는데 재혼을 선언할 경우이다. 십중팔구는 당연히 반대에 부딪힐 것이며 쉽게 허물어지지 않는 감정의 벽을 만들게 될 수도 있다. 이런 경우 자식들의 입장도 이해해야 한다. 자식들은 먼저 세상을 떠난, 또는 이혼으로 생이별을 하게 된 아버지나 어머니에 대한 그리움이 크게 남아 있기 때문이다. 적어도 그 같은 감정들이 진정될 수 있는 시간적 여유를 가져야 한다.

처음 예에서처럼 자식들의 나이가 어린 것도 아닌데 재혼을 반대하는 가정을 보면 당사자에게 문제가 있는 경우가 많다. 재혼 자체가 잘못된 것은 결코 아니다. 문제는 가족의 동의를 얻는 과정에서 제대로 된 절차를 밟지 않았다는 데에 있다.

재혼을 결심했을 경우 자녀들에게 자신의 의사를 밝히는 것이 우선이다. 재혼은 당사자만의 문제가 아니라 새로운 가족이 생기는 것이기 때문에 모두의 문제가 된다. 그리고 나서 1~2년 시간을 두면서 진지하게 상대를 찾아보아야 한다.

그리고 마음에 드는 상대를 만났을 경우라도 섣불리 집에 초대하는 것은 자제하는 것이 좋다. 더욱이 잠을 자고 가게 하는 불상사는 없어야 한다. 여성 쪽도 마찬가지다. 자녀들과 공식적인 절차를 밟지 않은 상태에서 상대를 집으로 끌어들이면 자녀들은 대부분 충격을 받거나 감정적으로 상처를 받는다. 하지만 적잖은 예비 재혼자들이 자신들은 나이가 들 만큼 들었으니 좀 자유롭게 행동해도 된다는 태도를 취한다. 이것은 잘못된 생각이다.

서로 재혼을 약속할 만큼 관계가 진전되었다면 자녀들에게 자신의 입장을 설명하고 의향을 물어보는 과정이 필요하다. 부모의 심정을 이해하지 못해 설령 반대를 하는 자녀가 있더라도 적당히 시간이 흐르고 대화를 통해 진솔한 마음을 전달하면 대부분 이해할 것이다.

양가 자녀들의 이해가 이뤄진 다음에는 한자리에 모여 인사를 나누고 공식적으로 입장을 밝히는 과정이 필요하다. 이때도 집으로 초대하기보다는 밖에서 별도의 자리를 마련하는 것이 좋다. 그런 다음 양가 자녀들과 가까운 친척만 모이는 자리를 조촐하게라도 만들어서 혼인식을 하고 살림을 합치거나 동거에 들어가야 한다.

재혼은 당당한 것이다. 한 인간으로서 행복을 추구하기 위해 마땅히 누릴 수 있는 권리인 것이다. 다만 자식들의 입장도 감안하여 적절한 과정과 시간을 갖고 추진하는 현명한 지혜가 필요하다.

재혼할 때 신중히 고려할 점

1. 사별한 경우에는 충분히 시간을 가져라

배우자와 사별한 후 1년도 안 되어서 재혼을 하는 이들이 적지 않다. 이런 경우 자식들의 반대가 매우 심하다. 상대가 누구든 자신들의 어머니 또는 아버지에 대한 기억 때문에 금방 재혼하려는 부모를 받아들이기 힘들어 한다. 심지어는 증오하는 일도 있으므로 충분히 시간을 갖고 생각하는 편이 현명하다.

2. 이혼한 경우에는 신중해야 한다

경제적인 문제였든 성격 차이의 문제였든 이혼을 한 경우의 재혼은 매우 신중해야 한다. 또다시 그런 아픔을 겪어서는 안 되기 때문에 이전 결혼에서의 문제를 차분히 짚어보고 대안과 계획을 마련하는 것이 필요하다. 자녀가 있을 경우 친엄마나 아버지와의 관계에 대해서도 입장이 마련되어야 하며, 새로운 가족과 잘 어울릴 수 있도록 배려해 주어야 한다.

3. 자신의 현실을 잘 파악해라

현실 감각이 없으면 재혼에 실패할 확률이 높아진다. 자신의 상황을 고려하지 못하고 이상적인 상대만을 바라면 만남이 힘들어진다. 내가 원하는 조건의 상대도 나보다 더 나은 누군가를 바란다는 사실을 인정해야 한다. 자신을 냉철하게 되돌아보고, 어울리는 상대에 대해 진지하게 생각해 봐야 한다.

4. 가족들의 동의도 중요하다

재혼의 경우 가족들의 반대에 부딪히는 경우가 흔하다. 환영받는 재혼을 했을 때 화목한 가정을 이룰 수 있다. 따라서 사전에 가족들에게 진지하게 재혼 의사를 밝히고 동의를 구하는 것이 좋다. 반대가 심한 경우에는 시간을 두고 설득하는 등 서두르지 말아야 한다.

5. 재혼 후 자기 역할을 해낼 수 있는지 신중히 따져봐라

상대가 좋다고 해서 그 외의 조건들은 무시하고 재혼하면 실패할 확률이 높다. 예를 들면 어린 자녀들의 문제, 부모님을 모시는 문제, 일을 함께하는 것에 대한 문제들이다. 상대의 현실 속에 자신이 들어가 잘 적응할 수 있는지 신중히 따져보아야 한다.

재산은 재혼 이전에
정확한 선을 그어라

어울리는 결혼을 원한다면 대등한 사람과 하라.
_ 오비디우스

중견 탤런트로 재혼전문정보회사의 CEO가 된 김영란 씨는 한 방송 프로그램에서 이런 말을 했다.

"사람들은 보통 '좋아하는 사람끼린데', 또는 '에이, 쑥스럽게'라고 하며 그냥 두루뭉술하게 넘어가 버리는 경우가 많다. 하지만 재산 문제는 반드시 재혼 전에 짚고 넘어가야 한다."

결혼이 서로 다른 삶을 살아온 두 삶의 육체적, 정신적 결합이라면 경제적 결합도 큰 몫을 차지한다. 가정과 가정이 만나는 재혼은 개인과 개인이 만나는 초혼과는 달리 경제적 결합도 훨씬 복잡하기 마련이다.

세상을 살아가면서 돈에 대해 초월할 수 있는 사람은 없다. 돈은 누구에게나 살아가는 데 반드시 필요한 것이기 때문이다. 재혼할 때도 역시 돈은 적잖은 문제를 불러일으킨다. 사람은 좋은데 돈이 너무 없어 생활이 힘들 것 같다거나 서로의 경제적 차이가 너무 커서 쉽게 가까워지지 못할 수도 있다. 하지만 더 큰 문제는 재산에 대한 정확한 합의가 이루어지지 않은 상황에서 재혼을 하는 경우에 발생한다.

자녀들과의 재산권 문제, 두 사람이 이혼할 경우나 둘 중 한 사람이 사망할 경우 등 법적으로 재산권의 소재와 범위를 밝혀야 하는 경우가 있다. 뿐만 아니라 살아가는 동안 각자의 재산에 대한 권리나 공동재산의 범위 등 복잡 미묘한 것들이 적지 않다. 또 한쪽은 재산이 많지만 상대는 그렇지 않을 경우, 양가 자녀들까지 관련되어 재산 문제로 인한 다툼이 끊임없이 이어지기도 한다. 게다가 양육할 자녀가 있는 경우 양육비는 누가 책임질 것인가도 문제가 된다.

그러므로 이 모든 문제들에 대해 원칙을 정해야 한다. 사람마다 재산을 합치는 경우도 있고 분리하는 경우도 있는데, 어느 쪽이 좋다거나 나쁘다고 말할 수는 없다. 다만 결혼 전에 분명히 짚고 넘어가야 한다는 것이다.

미국의 유명한 재테크 방송인 수지 오만은 '혼전계약서 작성'을 좋은 방안으로 제시했다. 그는 "사랑하는 사람과 결혼을 앞두고 재산 문제를 규정하는 계약서를 쓴다는 것은 전혀 로맨틱한 일이 아니다. 하지만, 보험을 든다고 생각하면 얘기가 달라진다."라고 말한다. 혼전계약서를 작성하는 것에는 자칫 결혼 전에 발생한 상대방의 부채를 떠안게 되는 '부채 결합marrying the debt'을 예방할 수 있다는 의미도 포함되어 있다. 또 계약서 작성 과정에서 서로의 재정 상태를 파악하게 됨으로써 신뢰도를 높일 수 있으므로 이에 따라 경제적 문제로 인한 이혼 발생이 줄어들 수 있다고 말한다.

각자의 부채와 재산을 공개하고 이에 대한 계약서를 작성하라고 하면 우리나라 사람들의 실행률은 미국보다도 훨씬 낮을 것이다. 하지만 재혼 후 또는 사후에 발생하게 될 문제를 사전에 예방하는 방편으로서 혼전계약서 작성은 매우 바람직하다고 생각된다.

옛 사람과
비교하지 마라

결혼 전에는 눈을 크게 뜨고 결혼 후에는 반쯤 감아라.
_ 벤저민 프랭클린

아이들은 부모들이 다른 아이들 또는 형제들과 비교하여 말할 때를 가장 싫어한다고 한다. 하물며 성인이 되어서 누군가와 비교당하는 것은 그야말로 자존심 상하는 일이다. 서로 사랑하는 연인이거나 함께 사는 부부 사이에 상대방으로부터 다른 사람과 비교해 싫은 소리를 들었다면 오래도록 큰 상처로 남는다.

배우자와 사별하거나 이혼하고 새로운 이성을 만나 보금자리를 꾸리고자 할 때 철칙으로 삼아야 하는 것도 바로 이것이다. 전 사람과 지금 사람을 비교하면 안 된다는 것이다. 그런데 의외로 많은 재혼 가정에서 이로 인해 문제가 발생한다고 한다.

사람은 누구나 상대에 대해 호감이 가서 만나고 서로 좋아하며 사랑하게 된다. 하지만 시간이 흐를수록 상대의 장점보다는 단점을 보게 된다. 이런 과정에서 이미 떠난 과거의 사람과 비교하는 일이 생긴다. 특히 함께 있는 시간이 많아질수록 몰랐던 새로운 사실을 알게 되고, 그러다 보면 '전에 그 사람은 안 그랬는데…….' 또는 '그 사람은 속이 참 깊었는데…….' 하는 생각이 들 수도 있다.

　하지만 그런 생각이 드는 순간 마음속으로부터 빨리 지워버리는 것이 상책이다. 마음속에서 계속 비교하게 될 경우 언젠가는 자신도 모르게 말이 되어 나올 가능성이 크기 때문이다. 특히 감정이 격해졌을 때 "당신 같은 사람은 처음 봤어!"라든가 "당신 만나기 전에는 이런 일 한 번도 없었어. 나는 도저히 이해가 안 돼."라며 '예전에 같이 살던 사람은 안 그랬는데 너는 다르다'라는 뉘앙스가 담긴 말을 할 수 있다.

　전 사람과 현재의 배우자를 비교하는 것은 아무런 의미가 없는 일이다. 사람은 다 다르다. 서로 다른 개성을 지녔고 수십 년 동안 서로 다른 삶을 살아왔다. 중요한 것은 자신이 선택한 새로운 사람에게 적응하면서 살아가야 한다는 것이다. 새로운 배우자에게 예전의 사람처럼 하라고 강요해서는 안 된다. 비교하는 일이 많아지고 싸움이 잦아지면 결국 두 사람의 관계는 멀어질 수밖에 없다.

　사람을 비교하지 않는 가장 좋은 방법은 먼저 상대의 개성을 존중해 주며 이해와 양보에 익숙해지는 것이다. 또 상대의 장점을 칭찬해 주는 일이다. 칭찬은 사람을 얼마든지 바꿔놓을 수 있기 때문이다.

　50대에 또는 60대에 새로운 배우자를 만나 함께 살고 있다면 아주 행복한 일이다. 적어도 노인 3고苦로 불리는 고독, 질병, 빈곤 중의 하나인 고독과 싸울 일이 없어지기 때문이다. 그렇다면 배우자에게 말 한마디라도 더 신중하게 해야 한다. 하루라도 더 오랫동안 함께 행복하게 살 수 있는 방법을 찾아도 시원찮을 마당에 전 사람과 또는 타인과 비교하는 말로 상처를 준다면 그것은 아주 어리석은 일이라는 것을 명심해야 한다.

나만의 버킷리스트를 작성하자

> 우리가 행복을 기다리는 바로 그 순간에도
> 행복은 늘 그 자리에서 우리를 기다리고 있다.
> 아무것도 하지 않으면 아무것도 나아지지 않는다.
> 새로운 것은 오늘은 아름답지만 내일은 알 수 없는 것이다.
> _ 프란츠 카프카

이혼 끝에 혼자 사는 괴팍한 사업가 에드워드(잭 니콜슨)와 처자식을 위해 성실히 산 자동차 정비사 카터(모건 프리먼)은 대학 동기생인데 나이가 들어 어느 날 병원병실에서 만난다. 서로 다른 인생을 살아온 두 사람은 오랜만에 만난 동창생이면서도 티격태격하면서 좀처럼 가까워지질 못한다. 사사건건 부딪치지만 어느 날 둘 다 시한부 인생임을 알게 된 뒤 두 사람은 대학 신입생 시절 철학교수가 죽기 전에 꼭 하고 싶은 일, 보고 싶은 것들을 적은 '버킷리스트'를 만들라고 했던 일을 떠올린다. 이를 계기로 두 사람은 죽기 전에 하고 싶던 일들을 마음껏 해보기로 작정하고 병원을 뛰쳐 나온다. 스카이다이빙, 카 레이싱, 문신, 눈물 날 때까지 웃기, 모르는 사람 도와주기, 세상에서 가장 아름다운 소녀와 키스하기 등 정말 다양한 것들을 실행으로 옮긴다.

영화 '버킷리스트'의 줄거리다. 이 영화를 보면 우리가 더 시간이 흐르기 전에 하고 싶은 게 있다면 실행으로 옮겨보는 것이야말로 멋지고 의미 있는 일이라는 게 정말 실감이 난다. 버킷리스트란 죽기 전에 해야 할 일들에 대한 리스트다. 다름 아닌 시간이 흐른 뒤 후회하지 않기 위해서 지금이라고 꼭 하고 싶은 것, 꼭 해야 한다고 생각해 오던 것을 실행으로 옮기는 것이다.

일본에 말기 환자의 고통을 덜어주는 호스피스 전문의인 오츠 슈이치가 쓴 『죽을 때 후회하는 스물다섯 가지』는 여전히 국내 서점가에서 이슈가 되고 있다. 그가 실제로 죽음 앞에 선 1,000명의 말기 환자들이 남기는 마지막 후회들은 무엇인지를 알아보고 이것을 책으로 묶은 것이다.

오츠 슈이치가 뽑은 스물 다섯 가지 중 몇 가지를 보면 지극히 평범한 것들이다.

- 사랑하는 사람에게 고맙다는 말을 많이 했더라면
- 진짜 하고 싶은 일을 했더라면
- 만나고 싶은 사람을 만났더라면
- 기억에 남는 연애를 했더라면
- 죽도록 일만 하지 않았더라면
- 가고 싶은 곳으로 여행을 떠났더라면
- 좀 더 일찍 담배를 끊었더라면

이런 것들이다. 어떻게 보면 그렇게 어렵지 않은 일인데 살면서 못했다는 것이다.

살다 보면 하고 싶은 것도 많고 해야 할 것도 많다. 열심히 살아온 사람들도 말을 들어 보면 정말 뒤늦게 후회하는 것이 한두 가지가 아니다. 이왕이면 후회할 게 없으면 좋겠지만 어쩌면 그게 인생인지도 모른다.

'늦었다고 생각될 때가 가장 빠르다'는 말이 있다. 64세에 헤어디자이너가 되고, 77세에 대학수학능력시험에 응시한 사람도 있다. 정말 멋진 사람들이다. 중요한 것은 실행으로 옮기느냐 아니면 생각만 하고 실행으로 옮기지 못하느냐에 달려 있다.

버킷리스트는 단지 시한부 인생을 사는 사람들이나 60대 이상의 노년들에게만 필요한 것이 결코 아니다. 20대에 30대에 이 리스트를 작성하고 하나 둘씩 실행으로 옮겼다면 그것은 더욱 가치 있고 멋진 인생을 사는 일이다.

먼저 리스트를 작성해야 한다. 다음은 우선순위를 정해야 한다. 여러 가지를 동시에 실행으로 옮기는 것은 어렵다. 우선 쉽고 바로 추진할 수 있는 일부터 순위를 정해야 한다. 다음 단계는 실행으로 옮기는 거다. 여기에서는 좀 과감해야 한다. 내가 여행을 간다고 하면 자식들이 뭐라고 할까? 내가 공부한다고 하면 주변에서 뭐라고 할까? 영어 공부하는 데 돈이 많이 드는 것은 아닐까? 십 년 만에 그 친구를 찾아가면 반가워할까? 이런 갈등이나 눈치 보지 말고 과감하게 추진해야 한다. 그리고 가족의 도움이 필요하면 솔직하게 털어놓고 도움을 요청하는 게 현명한 일이다. 생각이 너무 깊으면 실행이 어렵다.

자, 그렇다면 이제 당신만의 버킷리스트를 작성해 보라. 그리고 일단 일을 저질러라. 시간은 나를 위해 영원히 기다려주지 않는다는 것을 명심해야 한다.

제3장

신나게 놀고
멋지게 즐겨라

단 한 번 주어진 인생 자신 있게 멋지게 살아야 하는 것

아닌가! 누구에게 보여주기 위한 것이 아닌 스스로 즐기는 만족스러운 삶
을 살아야 한다. 해야 하는 일보다 하고 싶은 일, 인생의 의미와 보람을 찾
을 수 있는 일을 선택하고 즐겁게 일해라. 새로운 것에 열정적으로 도전하
고 언제나 유머와 여유를 간직해라. 아름다운 인생을 위하여 브라보!!

333으로
삼삼하게 즐겨라

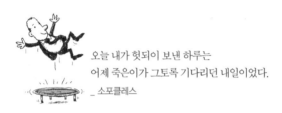

오늘 내가 헛되이 보낸 하루는
어제 죽은이가 그토록 기다리던 내일이었다.
_ 소포클레스

'세월이 유수 같다'는 말도 있고, '흘러가는 세월 잡을 수는 없다'는 노랫말도 있다.

"아니 어느새 내 나이 오십이네."

"한 해가 시작된 지 엊그제 같은데 벌써 두 달이 흘렀어."

잠시도 시계바늘은 멈추지 않는다. 그러니 흘러가는 시간 앞에서는 아무리 잘나고 똑똑하고 돈이 많은 사람도 불가항력이다. 시간을 붙잡아둘 수는 없지만 그나마 현실적으로 좋은 방법이 있다면 주어진 시간을 좀 더 가치있게 알차게 보내는 길, 즉 333으로 삼삼하게 살아보는 거다. 그래야만 적어도 덜 서운하고 덜 후회하게 될 테니까.

'삼삼하다'는 것은 '마음이 끌리게 그럴 듯하다'는 뜻이다. 삼삼하게 산다는 건, 좀 더 의미 있게 살자는 얘기다. 그렇다면 마치 암호 같은 333이란 숫자가 궁금하지 않을 수 없다. 333은 하루를 3일처럼 알차고 소중하게 살아보자는 제안의 숫자다.

첫 번째 3은, 하루에 세 가지 가치 있는 일을 하는 것이다. 가치 있는 일이라고 해서 너무 거창하게 생각하면 부담스럽다. 어떤 일이든지 마음으로 최선을 다했다면 스스로 가치를 부여해 주면 된다. 예를 들어 힘들고 어려운 이웃이나 친구가 있으면 말 한마디라도 따뜻하게 해주고 또 사랑하는 가족들에게 그들이 좋아할 만한 일을 해주는 것도 가치 있는 일이다. 배우고 싶은 것이 있으면 매일같이 단 한 시간 아니 삼십 분일지라도 실천으로 옮긴다면 이 또한 마찬가지로 가치 있는 일이다.

하루 세 번 가치 있는 일을 하는 것, 그것은 정말 의미있는 삶을 사는 것이지만 단지 가치 있는 일을 하는 것으로 끝내지 말고 자신이 한 일에 대해 일기를 쓰면 더욱 좋다. 오전에, 오후에, 저녁에, 가치 있는 일을 하나씩 하고, 세 번 일기를 쓰는 거다. 일기라고 해서 장황하게 쓸 필요는 없다. 메모식으로 몇줄 씩이라도 쓰면 된다. 이렇게 100일간 하면 뇌가 바뀐다. 실제 의학적으로 뇌가 즐겁고 건강해진다고 한다.

두 번째 3은, 세 번 이상 사진을 찍을 때처럼 환하게 웃는 것이다. 설령 웃을 만한 일이 없다 할지라도 거울을 보고 혼자서 밝게 웃어보면 저절로 마음이 즐거워진다. 아니면 TV 오락프로그램을 보고 웃어도 좋다. 웃는 얼굴만큼 행복해 보이는 얼굴은 없다. 많이 웃을수록 건강에도 좋은 영향을 미친다. 웃음보다 더 좋은 보약은 없다고 한다. 때문에 "세상에서 가장 효과 좋은 건강식품이 다름 아닌 바로 웃음이다."는 얘기도 있다. 공감이 가는 말이 아니던가.

세 번째 3은 하루에 세 명과는 반드시 소통하는 것이다. 특히 내성적인 사람들, 말수가 적은 사람들은 스스로를 세상 사람들과 단절시키는 편이다. 가족들과 대화도 나누고 친구들에게 전화를 걸어서 안부도 묻고 세상 돌아가는 얘기도 하고 약속도 잡는 것이다. 직장인이나 사회활동을 왕성하게 하는 젊은층이 아닌 가정주부나 나이 들어 집에 있는 시간이 많은 노인일지라도 하다못해 아파트 경비실 아저씨들과 인사를 나누며 대화를 하고 동네 수퍼마켓에 가서 주인과 사소한 대화를 나누는 것이 소통이다. 주위 사람들과 교류하는 것 자체가 아주 좋은 소통이다. 소통을 잘하면 인생은 3배가 아니라 10배로 즐겁게 살 수 있다.

살다 보면 우리는 가끔씩 이런 생각을 한다.

"나는 오늘 얼마나 가치 있는 시간을 보냈는가?"라고.

그럼에도 불구하고 주변사람들과 전화를 할 때, "오늘 어떻게 보냈어? 좋은 일 많았어?"라는 질문을 받을 때마다 적잖은 사람들이, "뭐 그날이 그날이지. 별거 있어?"라고 답한다. 물론 말 주변이 없어서 또는 자랑하고 싶지 않아서 대충 그렇게 답변하는 이들도 있겠지만 실제로 하루를 의미 없이 보냈기 때문에 그렇게 말하는 사람들도 많다.

"그저 그래."

"그날이 그날이야."

이게 사실이라면 그 사람은 또 하루라는 시간을 무의미하게 죽이고 산 것이다. 결국 인생의 가치를 못느끼게 된다. 뜨거운 열정으로 333을 실천하면, 마치 1년을 3년처럼, 인생을 3배로 사는 것과 같아서 정말 의미 있고 가치 있는 인생이 될 것이다.

하루 세 번씩 실천으로 옮기면 좋은 것들

1. 하루 세 번 인사

같이 일하는 동료나 가족들에게도 하루 세 번 인사를 하면 좋다.
아침에는 "좋은 아침입니다.", 점심에는 "즐거운 오후입니다. 힘 냅시다.",
저녁에는 "남은 시간도 즐겁게 보내세요." 이렇게 해주면 서로가 즐겁다.

2. 하루 세 끼 챙겨먹기

하루 세 끼를 제시간에 반드시 챙겨먹는 것도 건강을 위해서는 아주 중요한
실천방법이다.

3. 하루 세 번 명상 즐기기

5분, 10분씩이라도 명상을 즐기는 것도 좋다. 머리가 맑아지고 욕심을 버릴
수 있는 마음도 생긴다.

4. 하루 세 번 칭찬하기

같이 일하는 동료들이나 가족들에게 하루 세 번 칭찬을 하는 것이다. 칭찬은
고래도 춤추게 한다고 한다.

5. 하루 세 곡 노래하기

하루 세 번 한 곡씩 즐거운 노래를 부르는 것도 정신건강에 아주 좋은 방법
중 하나다.

쉽고 가볍게
즐기자

승자가 즐겨 쓰는 말은 "다시 한번 해보자."이고,
패자가 즐겨 쓰는 말은 "해봐야 별 수 없다."이다.
_ 탈무드

　무슨 일이든 하는 일이 잘되고 마음이 즐거우려면 항상 긍정적인 마인드를 가져야 한다고 한다. 그래서인지 요즘 처세서나 명사들의 강연에 빼놓지 않고 들어가는 내용이 바로 '긍정적인 사고'다. 긍정적인 사고, 아주 중요한 것은 사실이지만 긍정적인 사고를 갖는 것 못지않게 중요한 것이 있다면 바로 실행을 함에 있어서 가능한 한 쉽고 가볍게 즐기면서 접근하는 것이다. 아무리 생각이 긍정적일지라도 실행에 있어서 '이거 쉬운 게 아닌데', '대충 해서 될 일이 아닌데' 이런 부담을 안고 접근하면, 도중하차하거나 결과가 좋을 리가 없다. 특히 시니어들 중에는 매사에 너무 진지하고 신중한 나머지, 부담을 크게 갖고 있어서 생활 속에서 즐거움을 찾지 못하는 이들도 많다.

마치 '돌다리도 두들겨보고 건너라'는 말처럼 매사에 지나치게 신중하고 조심스러워 하다 보면 인생을 즐겁게 살 수 있는 기회들을 놓치기 쉽다. 사업을 한다거나 배우자를 만나는 일처럼 인생에서 아주 큰 부분을 차지하는 이런 일에서는 물론 좀 더 진지하게 생각하고 행동해야 하겠지만 아주 사소한 일 앞에서도 너무 이리 재고 저리 재다 보면 기회를 놓치고 만다. 옛말에 '쇠뿔도 단김에 빼랬다' 했다. 어떤 일을 하려 하였으면 망설이지 말고 곧 행동으로 옮기라는 것이다. 이것 저것 다 따지다가는 아무 일도 할 수가 없다.

하지만 노년기가 되면, 아무래도 실수를 줄이고 가족이나 주변사람들에게 좋은 모습으로 남고 싶어서 일을 저지르기보다는 심사숙고하면서 좀 참는 그런 습관을 갖는 이들이 많다. 주로 취미생활이나 배우는 것에 대한 도전의식이 약한 편인데다 사람들과의 만남이나 관계에서 매우 소극적인 편이다. 이들의 경우 하다못해 주변에서 어디 축제현장을 가자고 하거나 온천이나 유원지 같은 곳에 바람 쐬러 가자고 해도 고개를 흔드는 스타일의 사람들로 외출이나 여행도 즐기지 않는 편이다.

중장년층을 대상으로 글쓰기 교실 강사활동을 하면서 한 가지 알게 된 사실이 있다. 새로 나오는 이들의 십중팔구가 하는 말이 있다.

"제가 사실은 학창시절에 글쓰기를 좋아했습니다. 이제 시간도 있고 해서 참여하게 됐는데 어휴 생각보다 힘듭니다. 선생님 흥보지 마세요. 글이 잘 안 써지네요."

그럴 때마다 기다렸다는 듯이 답변해 준다.

"지금 당장 작가로 데뷔할 것도 아닌데 너무 그렇게 무겁게 생각하지 마세요. 그냥 즐긴다고 생각하시고 나오세요. 글 잘 쓰시면 강좌에 나오실 이유가 없죠. 혼자서 쓰시면 되니까요. 여기 계신분들 다 똑같습니다. 전문가 아닙니다. 맘 편하게 갖고 출석만 잘하세요."라고.

언제가 한번은 아주 열정이 보이는 두 명의 60대 초반 남성들이 새로 나왔길래, 속으로 기대를 많이 했다. 그런데 그 다음 시간에 두 사람의 모습은 보이지 않았다. 다른 사람 통해서 '아직 기본이 안 되어 있어서 책 좀 더 읽고 자신감 생길 때 나오겠다' 고 전해달라고 했단다. 이렇게 되면 정말 취미활동이나 새로운 것, 배우는 것 은 힘들어진다. 어렵고 무겁게 접근하지 않아도 되는 일을 스스로 어렵게 만드는 셈이다.

인생을 좀 더 쉽고, 가볍게 즐기면서 살려면 몇 가지 버려야만 하는 것들이 있다. 최우선 순위는 '잘해야 한다' 는 강박관념이다. 취미생활이나 새로운 것을 배울 때는 조금 못하더라도, 실수를 하더라도 문제될 게 없다. 프로가 되기 위해 하는 게 아니고, 나 자신이 즐겁고 시간을 효과적으로 사용하고자 하는 것이니까 가볍게 접근하면 된다. '내가 누구였는데' 라는 지나친 자존감도 버려야 한다. "예전에 내가 이런 사람이었는데 어떻게 저런 사람들하고 어울려."라는 생각을 갖게 되면, 그 누구와도 친할 수 없고 주변사람들과의 관계도 멀어진다. 나이가 들어서는 예전의 직책, 명예, 자존심 이런 것들 다 버려야 한다. 사람과 사람이 가장 쉽게 친해지는 방법은 상대방이 '저 사람도 나하고 별 다를 게 없다' 라는 생각을 갖게끔, 부담스럽지 않은 편안한 존재로 다가서야 한다. 또 한 가지 반드시 버릴 것은 돈에 대한 애착이다. 무언가를 배우고 어디를 놀러 가고 사람들을 만나고 하는 생활들은, 큰 돈은 아닐지라도 단돈 만 원이라도 기본적으로 비용이 들어간다. 돈이 없는 것도 아닌데, 너무 돈 쓰는 것을 아까워하고 겁내는 사람들이 있다. 흥청망청 쓰는 것은 문제지만 나 자신을 위한 활동에 드는 최소의 비용은 미련 없이 기분 좋게 쓰겠다는 마인드가 필수다. 다시 말해 완벽해지려는 욕심이나 지나친 자존심, 그리고 돈에 대한 욕심 이런 것을 일단 버려야만 모든 것에 쉽고 가볍게 다가설 수 있다는 얘기다.

속담에도 '바람 부는 대로 돛을 단다' 는 말이 있다. 세상 형편 돌아가는 대로 살아간다는 뜻이다. 물 흘러가는 것처럼 둥글둥글하게 사는 게 스트레스 없이 즐겁게 사는 방법이다. 행복한 노년을 보내고 싶으면 버릴 것은 버리고 쉽고 가볍게 접근해야 한다.

신나게 놀고 멋지게 즐겨라

욕심을 버리고
감사하는 마음으로 살아라

보다 많은 것을 갖기보다는 적게 바라는 것을 택하라.
_ 토머스 켐피스

사람은 나이가 들수록 욕망으로부터 자유로워지는 삶을 살아야 한다. 이를 테면 마음을 비우는 일이다. 일, 사랑, 돈 등 모든 것에서 눈을 낮추고 겸손해져야 한다. 욕심과 욕망이 지나치면 추악한 모습이 드러나게 되고, 세상 사람들의 심판대 위에 오르게 된다. 그리고 마지막에는 명예도 잃고 건강도 잃어 그야말로 추하게 나이 들어가는 일만이 남을 뿐이다.

욕심과 욕망의 그릇은 자주 그리고 말끔히 비워야 한다. 그때그때 비우지 못하면 자신도 모르는 사이에 넘쳐서 탐욕이 되고 화를 불러오게 되는 것이다. 비우는 방법은 아주 쉽고 간단하다. 오늘 내가 가진 것에 만족하고 감사하며, 이웃과 나누는 삶을 살겠다고 자세를 가다듬는 것이다. 그리고 일과 취미생활로 몸과 마음을 바쁘게 하여 욕심이라는 것 자체가 자리를 잡지 못하도록 하는 것이다.

많은 이들로부터 존경받는 사람들, 착하게 사는 사람들, 좋은 일을 많이 하는 사람들이 공통적으로 하는 말 한 가지가 있다.

"욕심을 버리고 늘 감사하는 마음으로 살아요."

부모님께는 낳아주셔서 감사하고, 가족에게는 늘 따뜻한 형제 자매여서 감사하고, 친구에게는 언제나 변함없이 곁에 있어 주어서 감사해야 한다. 스승에게는 많은 것을 가르쳐주시니 감사하고, 직장 동료는 힘들거나 즐거운 일과를 함께 해주어서 감사해야 한다. 이웃에게는 늘 웃는 얼굴로 인사하고, 같은 지역에 함께 살아줘서 감사하고, 버스나 지하철, 택시 기사들에게는 많은 이들의 발이 되어 주어서 감사해야 한다. 심지어 우리를 속이는 사람에게는 '죄인을 용서할 수 있는 마음을 갖게 한 것'에 감사해야 한다.

감사해야 할 대상이 어디 사람뿐이겠는가? 새들에게는 늘 맑은 목소리로 노래해 줘서 감사하고, 식물에게는 인간에게 필요한 양식을 주어서 감사해야 한다. 물에게는 생명을 유지하게 하는 가장 소중한 양식이 되어 주는 것에 감사해야 하며, 흙에게는 생명체를 키우고 지력의 영향으로 건강을 유지할 수 있게 해준 것에 감사해야 한다.

감사하는 마음의 출발은 겸손이다. 나를 내세우기보다는 상대를 높여주는 마음이다. 그러므로 감사하는 마음을 갖는 것은 '내가 잘나서 지금 행복한 것이 아니라 내 주변에 정말 좋은 사람들이 많아서 행복해진 것이다.'라는 생각을 할 수 있는 사람이어야만 가능하다.

인도의 명상가 오쇼 라즈니쉬는 "겸손하기만 하다면 모든 존재가 당신에게 스승이 된다."고 말했고, 영국의 시인이자 극작가인 T. S. 엘리엇은 "겸손은 가장 얻기 어려운 미덕이다. 자기 자신을 높이 생각하려는 욕망만큼 여간해서 가라앉지 않는 것은 없다."고 했다.

자신을 조금만 낮추어도 저절로 사람들로부터 신뢰받고 존경받게 된다. 하지만 의외로 이 '겸손의 미덕'을 행하며 산다는 것이 쉽지 않다. 사람들마다 자존심과 자부심, 그리고 과시욕이 내재해 있어서 자기도 모르는 사이에 이 같은 심리를 드러내게 된다. 순간 그 사람의 겸손은 사라져버린다.

우리나라 50대들이 가장 범하기 쉬운 겸손하지 못한 자세는 이런 것이다.

"우리 나이에 나만큼 빨리 성공한 사람도 사실 드물어."

"우리 애가 이번에 사시 합격했어. 솔직히 그 녀석만큼 머리 좋은 애도 없어. 학교 다닐 때 늘 전교 1등이었으니까."

자만과 오만에 빠진 사람들은 자신의 말 한마디에도 상처받는 사람들이 있다는 것을 모른다. 나이 50을 지천명知天命이라고 했다. 지천명이란 모든 사람이 함께하는 보편적 기준을 먼저 생각해야 하는 때라는 뜻이다. 보편적 기준이라면 '나'라는 주관적이고 개별적인 개념을 떠나서 모든 사람이 널리 공유하는 기준을 말한다. 겸손의 미덕도 그 중 하나가 아닐까.

숨 가쁘게 살아온 50년 세월, 쏟은 땀방울과 열정에 비례하여 내세우고 싶은 일도 한두 가지가 아닐 것이다. 그렇지만 그럴수록 더욱 겸손한 마음으로 감사하는 마음을 가져라. 그리고 매일 저녁 하루를 마무리하면서 그날 하루 감사한 일, 또는 감사한 사람의 이야기를 다섯 가지씩 떠올려보고 노트에 메모하는 습관을 들여라. 일종의 감사 일기를 쓰는 것이다. 이처럼 감사하는 마음으로 하루를 마무리하는 삶을 살다 보면 인격적으로 성숙되고 누구에게나 좋은 영향을 미치는 사람으로 변해 있는 자신을 발견하게 될 것이다.

감사하는 마음, 바로 제2의 인생을 멋지게 살아가는 기본 덕목이다.

체면치레
하지 마라

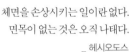

체면을 손상시키는 일이란 없다.
면목이 없는 것은 오직 나태다.
_ 헤시오도스

나이가 들면서 봄가을만 되면 공통적으로 받는 스트레스가 있다. 다름 아닌 결혼식이다. 여기저기서 청첩장이 날아오는데, 어떤 날에는 하루에 두세 개씩 몰려 있기도 한다. 아침부터 서둘러 남편이 두 곳, 아내가 한 곳 그렇게 찾아다니며 돈 봉투를 주고 온다.

"그래도 내가 선배라고 보냈는데, 어떡해… 가봐야지."

"내가 부장인데 어떻게 5만 원만 해. 최소 10만 원은 넣어야지."

"우리 동창들 다 10만 원씩 넣었다는데 나만 5만 원 할 수는 없잖아."

특별한 날, 축하해 주러 가는 마음이 마냥 무겁기만 하다. 봉투에 돈을 적게 넣자니 체면이 안 서고, 넉넉히 넣자니 생활비가 축나고 용돈 축나는 것이 피부로 느껴진다. 게다가 한두 집도 아니고 가을 한 철 지나려면 최소 10여 통 이상은 날아오니 그 돈만도 한 달에 50만 원 가까이 된다.

우리나라 사람들의 체면치레는 과다한 경조사 비용이 첫째로 꼽힌다. 결혼식부터 돌잔치, 회갑연, 칠순 등 대대적으로 벌이는 잔치가 많기도 한 데다 자신의 상황보다 상대와의 관계나 주변사람들 눈치 때문에 들어가는 경조사비가 만만치 않다. 이것 때문에 받는 스트레스도 50대의 마음을 불편하게 하는 요인이다. 이름을 붙이자면 '품위 유지비'라고나 할까?

한국인 체면 중시 문화는 여기서 그치지 않는다. 일단 사업이라는 걸 시작하면 사람들은 빚은 못 갚아도 승용차는 새차로 교체하고 본다. 잘사는 동네에서는 백화점에 식료품 사러 가는데도 유명 브랜드를 걸치고 간다. 저축은 못해도 경조사 비용은 남들 내는 만큼 내고, 아이 돌잔치, 부모님 칠순잔치 할 때도 체면 때문에 호텔에서 치러야 한다.

체면치레로 하는 일에서 자유로워지는 순간 더 많이 벌어야 하는 부담에서 자유로울 수 있다. 한마디로 실속 없는 겉치레에서 자유로워지는 순간 행복에 한발 다가갈 수 있다. 돈이 넘쳐난다면 몰라도 부유층도 아니면서 생산적이지 않은 부분에 과다한 비용을 지출하며 스트레스까지 받을 필요가 어디 있는가? 아니 부유층이라 하더라도 사회를 돌아다 볼 줄 알고 나눔의 철학을 소유한 사람이라면 겉치레를 위해 낭비를 일삼지는 않을 것이다.

건강하고 자유롭게 50대 이후 인생을 즐기고 싶다면 이제 체면치레 따위는 벗어던져야 한다. 거추장스러운 일을 굳이 자처할 이유는 없지 않은가? 꼭 가야 할 경조사라면 부담되지 않는 선에서 성의껏 봉투를 준비하면 된다. 가지 않아도 되는 곳이라면 차라리 그 시간을 자신을 위해 쓰는 편이 나을 것이다.

긴 세월을 거쳐 만들어진 습관이라 하루아침에 바뀌지는 않을 것이다.

지금부터 나름대로 원칙을 정하고 하나하나 실천해 보자.

첫째, 종이 한 장을 꺼내어 내가 꼭 참석해야 하는 행사와 그러지 않아도 되는 행사를 구분해 적어보자. 둘째, 참석해야 하는 행사에 최소한의 인사로 지출해야 할 비용을 정하고 그 비용만을 지출한다. 셋째, 이렇게 절약된 비용을 별도의 통장을 만들어 노후자금으로 준비한다. 이런 원칙을 지켜간다면 마음도 홀가분해지고 제2의 인생을 준비하는 데 한결 여유롭지 않을까?

웃음으로
엔돌핀을 만들어라

우리는 행복하기 때문에 웃는 것이 아니라,
웃기 때문에 행복하다.
_ 윌리엄 제임스

'웃음클럽'에 대해서 들어본 적이 있는가?

질병 치료를 위한 모임으로 1995년 인도에서 의사인 카타리나 박사가
창립했다. 현재는 미국을 비롯하여 독일과 프랑스, 오스트리아 등 세계 각
국으로 확산되어 수많은 회원을 두고 있다. 물론 우리나라에도 있다. 이 클
럽에서는 웃음도 운동의 하나로 보고 규칙적인 프로그램을 만들어 운영한
다. 이들이 주장하는 것은, 모든 웃음에는 질병 치료의 효과가 있는데 역시
손뼉을 쳐가며 소리 내어 웃는 웃음이 가장 치료 효과가 높다고 한다. 그런
의미로 카타리나 박사는 'Don't smile!'을 외친다. 미소 짓지 말고 크게 웃
으라는 뜻이다.

'소문만복래^{笑門萬福來}'라고 했다. 웃으면 복이 온다는 뜻이다. 또 '일로 일로 일소일소^{一怒一老 一笑一少}'란 말도 있다. '한 번 화내면 한 번 늙어지고 한 번 웃으면 한 번 젊어진다'는 얘기다. 이렇듯 웃음을 긍정적으로 보는 말들은 무궁무진하다. 그런데 '웃는 것이 좋다는 건 알지만 웃을 일이 있어야 웃지.'라고 생각하는 사람이 있을 것이다. 그러나 그건 감정에 좌우되는 어린애 같은 발상이다. 즐거워서 웃는 것이 아니라 웃으면 즐거워지는 것이다.

웃음 전도사로 활동하며 '유머강사 1호'로서 새로운 직업을 만들어낸 김진배 '웃음경영연구원' 원장은 "어려움을 뚫고 성공한 사람들에게 좋은 환경이나 좋은 부모, 높은 학력이나 많은 재산이 있었던 것은 아니다."며 "역경 속에서도 웃음을 잃지 않고 인생을 긍정적으로 바라본다면 성공은 찾아오기 마련"이라고 강조했다.

최근 들어 웃음의 긍정적인 효과가 하나둘씩 밝혀지고 있다. 믿기지 않겠지만 단순히 웃는 것만으로도 건강에 큰 도움이 된다. 한 번 큰소리로 웃으면 통상 15개 정도의 작은 안면 근육이 격렬하게 움직여 안면 신경과 건(힘줄)의 유연성을 높여준다. 이런 유연성은 얼굴 형태를 자연스럽게 만들어주기 때문에 많이 웃는 사람은 표정이 풍부한 호감형 인상을 주게 된다. 웃음이 가져오는 근육 효과도 놀라울 정도다. 우리 몸속의 근육 650개 가운데서 무려 231개가 웃을 때 움직이게 된다. 이것은 에어로빅 5분 동안의 효과와 비슷하다고 한다.

활짝 웃어보라. 심신도 건강하게 되고, 기분도 좋아지고, 매력적인 인물이 될 것이다. 또 웃는 동안 뇌에서는 각종 화학물질이 쏟아진다. 이때 21가지 물질이 분비되는데 그중에서 가장 좋은 것은 엔돌핀이다.

엔돌핀은 엔더지너스_{endogenous} (내인성)와 모르핀_{morphine} (아편)의 합성어로

'몸속의 아편'으로 불리는데, 모르핀보다 무려 200배나 효과가 강하다고 한다.

이 물질은 통증을 완화시키는 작용을 할 뿐만 아니라 식욕조절, 성호르몬의 분비, 쇼크의 분산 등에도 관련되어 있다고 알려져 있다.

세상을 살다 보면 힘든 일, 어려운 일, 슬픈 일이 수도 없이 발생한다. 이럴 때마다 '왜 하필 나한테 이런 일이 생기는 거지?'라고 생각한다면 실패감, 위기의식 등이 보태져 그 사람의 정신세계는 온통 불안과 불만으로 얽히게 된다.

하지만 '이미 벌어진 일인 걸. 세상 탓하고 걱정만 한들 무슨 소용이 있겠어.'라거나 '궂은 일이 생겼으니 다음에는 좋은 일이 찾아오겠지.'라며 마음을 차분히 가라앉히고 내일을 생각하며 산다면 분명 잘 해결될 것이고 좋은 일이 생길 것이다.

모든 병은 마음에서 비롯된다. 현실에 대해 부정적이고 불만이 많거나 누군가를 시기하고 질투하면 건강에 해롭다. 이는 우리 몸에서 만족을 앗아가고 분노와 미움을 일으킨다. 그것은 대단히 해로운 감정이다. 불면증과 위장병을 불러올 뿐 아니라 혈압에 영향을 미치며 심장질환, 두통, 출혈, 현기증을 일으키고 발성 능력을 상실케 한다. 반면 평온한 마음은 건강한 신체를 유지하게 해준다.

매일 아침 거울을 보고 웃는 연습을 해보자. 거울 앞에서 볼펜을 가로로 눕혀 입에 물고 '히~'하면서 웃어보자. 20일 정도 매일 연습하면 자연스럽게 웃는 근육이 만들어지고 웃는 습관이 생길 것이다. 그런 다음 "모든 일이 잘될 거야. 파이팅!"하고 스스로를 격려하는 말 한마디로 하루를 시작한다면 분명히 즐거운 일이 생길 것이다.

어떤 상황에서든 늘 긍정적, 희망적으로 생각하고 모든 일에 긍정적인 사고를 갖고 임해라. 또 누구를 만나든 웃는 얼굴로 대하는 것은 자신은 물론이고 주변사람들까지 즐겁게 해주는 일이요, 엔돌핀을 생성시켜 마음의 건강, 육체의 건강 둘 다를 얻게 해주는 값진 습관이다.

우리 몸, 웃음으로 이렇게 바뀐다

1. 눈물샘을 자극하여 각막을 촉촉이 적셔주므로 건강한 눈, 맑은 눈동자를 만들려면 자주 웃어야 한다.

2. 혈액의 흐름이 빨라져 얼굴 피부 깊숙한 곳(진피)에 쌓인 노폐물까지 청소된다.

3. 입 속 침의 분비량이 많아져 각종 세균의 증식을 막아주기 때문에 구취도 예방된다.

4. 웃으면 횡격막의 상하 움직임이 커지는데, 이때 폐 공간은 거의 최대로 부풀어 오른다. 자연히 폐에 공기가 가득 차게 되고 이를 내보내는 힘이 최대치로 솟구쳐 음성도 맑아진다.

매년 한 가지씩 배워라

아무것도 시도할 용기를 갖지 못한다면
인생은 대체 무엇이겠는가?
_ 빈센트 반 고흐

　1년 전만 해도 물가에는 아예 접근도 하지 못했던 52세의 주부 이 씨는 요즘 수영하는 재미에 푹 빠져 있다. 처음에는 이따금씩 찾아오는 허리 통증을 없애보기 위해 시작했지만 지금은 수영 자체가 좋아서 물속에 들어가면 나오기가 싫을 정도다. 자녀들이 성장한 이후 이것저것 배우려고 했었지만 그때마다 용기가 나질 않아 포기하고 말았다는 이 씨. 한두 달 후에는 구청 문화센터에서 운영하는 한지공예 교실도 다닐 작정이란다. 수영에서 자신감을 얻어 이제 새로운 도전이 어렵지 않기 때문이라고 한다. 벨리댄스도 배우고 싶고, 사이클도 타고 싶고, 기회가 되는 대로 많은 것을 배우려고 한다며 의욕적인 모습을 보인다.

경영학의 대부 피터 드러커는 3년에 한 번씩 새로운 주제를 정해 공부했다고 한다. 그렇게 60여 년을 보낸 그가 경영과 경제뿐만 아니라 중세역사, 일본 미술, 통계학, 법과 정치 등에도 정통한 것은 당연한 일이다. 또, 재능 있는 여성 건축가인 김진애 씨는 하나의 주제를 공부할 때 적어도 세 권의 책을 읽어야 한다고 말한다. 일본 최고의 저널리스트인 다치바나 다카시도 한 분야를 공부할 때 적게는 15권, 많게는 500권 정도를 읽는다고 한다. 전문적인 칼럼니스트가 아니더라도 뭔가의 기본을 이해하기 위해서는 해당 분야의 대표적인 입문서와 고전을 세 권은 읽어야 한다. 그리고 실질적으로 배운 것을 현실에 적용하려고 노력하고 어느 정도 지식이 쌓이면 이제는 그 깊이와 넓이 모두를 갖춰야 한다. 배움에는 끝이 없다. 특히 50이 넘어서면서 해야 하는 일보다 하고 싶은 일에 초점을 맞추고 하나씩 배워간다면 삶의 성취감과 보람을 동시에 느낄 수 있으며 생활에 활력을 찾게 될 것이다.

중장년들의 새로운 도전은 청년의 도전보다 아름답고 값지다. 40대 후반쯤 접어들면 적지 않은 사람들이 자신의 인생에 가을이 찾아왔다는 생각으로 우울해 하고 적적함에 빠져들곤 한다. 하지만 새로운 것에 도전하는 이들은 그런 우울함에 빠지지 않는다. 제2의 인생을 가꾸기 위해 열정을 다시 불사르고 그 과정에서 결실을 맺는 등 활력 넘치는 시간을 보내기 때문이다. 이러한 도전은 국가적인 차원에서도 유익하다. 고령화사회가 급속도로 진행되고 있는 상황에서는 중장년들이 무언가를 새로 배우고 그것이 생산적인 결과를 낳을 경우 사회경제적으로도 큰 영향을 주기 때문이다.

서울의 S간호보건대 졸업식장에는 50대의 부부 졸업생이 매스컴의 스포트라이트를 받은 적이 있다. 보건사회복지과를 졸업한 한 씨(54)와 김 씨(53) 부부다. 이들은 막내딸보다 어린 학생들과 공부하면서도 전체 10위권 안에 드는 성적을 올린 '부부 장학생'이다. 남편 한 씨는 졸업평점이 4.5점

만점에 4.3점을, 아내 김 씨는 4.26점을 받았다.

그런데 이들 부부가 늦깎이 대학생이 된 이유를 보면 학점보다도 숨겨진 마음이 더 대단함을 알 수 있다. 이들 부부가 보건사회복지과를 지원한 것은 어느 날 갑자기 다 큰 아들을 잃은 충격적인 일을 겪은 것이 계기가 되었다. 그후 부부는 새로운 선택을 했다고 한다. 남은 삶은 자신들의 도움이 필요한 이들의 고통을 덜어주면서 살고 싶다는 것이었다. 이 얼마나 아름다운 일인가?

이들 부부처럼 더 힘든 사람들을 돕기 위해서가 아니어도 좋다. 또 국가 경제에 기여할 수 있는 생산적인 활동이 아니어도 좋다. 중장년의 새로운 도전은 그 자체만으로도 아름다우며 자신들의 건강한 노년을 위한 준비가 된다.

새로운 것을 배우고 도전하는 일에 두려워하거나 머뭇거리지 말자. 쉰살의 아줌마가 벨리댄스를 배운다고 해서 흉볼 사람은 없으며, 50대 초반의 나이로 제과제빵 기술을 익혀 제과점을 창업하겠다는 사람에게 '불가능한 일'이라고 말할 사람도 없다. 중요한 것은 나이가 아니라 새로운 도전을 선택하는 건강하고 진취적인 정신자세와 삶에 대한 열정인 것이다.

배움에 익숙하지 못한 사람이라면 무엇을 배울지 결정하는 일이 쉽지 않을 것이다. 이럴 땐 먼저 자신이 하고 싶은 일 10~15가지 정도를 종이에 적어보자. 바둑, 수영, 스키, 악기연주 등 무엇이든 상관없다. 가까운 문화센터에서 배울 수 있는 취미활동 수준의 일에서부터 노자, 공자, 영어 회화 등 자신의 지적 수준을 높일 수 있는 것까지 일단 적어보고 그중에 가장 먼저 하고 싶은 것 하나를 골라 배울 수 있는 방법을 알아보자. 그리고 나머지 목록들에는 언제 배울 것인지 기간을 정해 적어보자. 2년 뒤 혹은 3년 뒤여도 좋다. 이렇게 최소한 10여 가지의 배우고 싶은 목록을 갖고 있는 것만으로도 배움의 반은 시작한 것이나 다름없다.

나만의 아름다운 정원을
만들어라

한가로운 시간은 무엇과도 바꿀 수 없는 재산이다.
_ 소크라테스

    사람들은 누구나 자기만의 공간을 꿈꾼다. 학생 때는 책상과 컴퓨터가 놓인 깔끔한 공부방을, 신혼 때는 우아하고 아름다운 침실을 원한다.

    나이 50이 넘으면 어떨까? 적지 않은 사람들이 안방이나 거실이 아닌 자기만의 공간을 원한다. 그중에서도 많은 이들이 책장에 가지런히 책이 꽂혀 있고 책상과 소파 정도는 갖춘 조용하고 아늑한 서재가 있었으면 하는 바람을 갖는다. 최근에는 취미생활들이 다양해져 홈시어터를 갖춘 영화관, 사진작업실, 이색소품 전시룸, 와인 바, 화원, 헬스실 등 사람마다 소원하는 자기만의 공간 역시 다양한 모습을 보인다.

    누군가는 "먹고 살 만해지니 별 유난을 다 떤다."고 말할 수도 있겠지만 단순히 그렇게만 볼 일은 아니다. 중장년에게 자신만의 공간은 반드시 필요하다. 부부가 함께 차를 마시며 TV를 보는 거실과 함께 잠을 자는 침실이 있다고 해서 그것이 전부는 아니다.

나이가 들수록 소리없이 찾아드는 고독에 깊이 빠지지 않고 젊었을 때에 비해 남아도는 여유시간을 잘 활용하기 위해서 집안에 자신만의 공간을 확보하자. 하루 한두 시간만이라도 그곳에서 자신이 좋아하는 일을 하는 것은 스스로 '나는 행복하다'는 생각을 갖게 해주며 보약을 먹는 것보다도 더 건강에 좋은 영향을 준다. 누구의 방해도 받지 않고 자신만의 공간에서 즐거워질 수 있다면 얼마나 행복한 일인가. 또 얼마나 여유 있는 삶인가?

몇 년 전 한 선배가 이런 고민을 털어놓은 적이 있다. 자신은 음악 듣기와 영화 보는 것을 좋아하는데 휴일이나 일찍 퇴근한 날 영화 한 편 보고 싶어도 10년 전에 구입한 TV는 화질은 물론이고 여러 기능 면에서 마음에 들지 않는다는 것이다. 또 거실은 가족들이 수시로 오가는 공간이어서 영화 볼 기분이 나지 않는다는 거였다. 그래서 그 대책으로 거실 한 쪽을 대형 평면 TV와 DVD시스템을 갖춘 작은 홈시어터로 만들고 싶은데 비용이 4~5백만 원은 족히 들어가야 한다고 했다. 그런데 아내가 허락하지 않아 고민 중이라는 것이다. 두 딸이 고2, 고3이므로 아내의 입장에서는 마음도 심란하고 아이들 교육비 때문에 돈을 아껴야 하는 형편이었기 때문이다.

선배의 마음은 이해하지만 가정이라는 테두리 안에서 자기 공간을 찾는 일인 만큼 가족의 동의도 중요하다고 생각되어 "선배님, 2년만 참으세요. 형수님도 아이들 대학 들어가면 그때부터 괜찮다고 하셨다면서요."라는 말로 위로했다. 2년이 지난 지금 선배는 자신이 원하는 대로 거실에 홈시어터를 꾸며놓았는데 너무 좋다고 자랑을 한다. 가끔 그곳에서 은은한 등을 켜고 음악을 들으면서 아내와 와인을 마시기도 한단다.

나이가 들면서 모임도 줄어들고 친구들과 만나는 횟수도 줄어들게 된다. 설령 일을 하더라도 젊은 시절처럼 밤을 새워가며 하지는 않으므로 집에 있는 시간이 많아지기 마련이다. 부부가 TV를 보면서 서로 얼굴만 쳐다보고 있는 것도 한계가 있는 일이고, 같이 있는 시간이 너무 많다 보면 상대에 대한 잔소리가 늘어나 자칫하면 사소한 일로도 말다툼만 하게 된다. 어느 정도는 자기만의 공간에서 철저히 혼자만의 시간을 갖는 것이 좋다.

군이 화려하거나 고급스럽게 꾸밀 필요는 없다. 혼자 또는 부부가 공유할 수 있는 공간으로 합리적이고 편안한 공간이면 된다. 예를 들어 낮 시간에는 책을 읽거나 커피를 마시고, 저녁에는 가끔 부부가 술 한 잔 나누고 싶은 미니 홈바를 만들길 원한다면 안방에서 밖으로 난 베란다 공간이나 거실 한쪽을 이용하자. 공간을 분리시킬 약간의 장치를 마련하고 그곳에 티테이블과 의자 두 개만 갖추면 크게 돈 들일 것이 없다. 낭만적인 테이블보와 화분 또는 스탠드 하나 정도 마련하면 될 일이다.

젊은 시절 아이들 키우느라 서재 하나 없이 옹색하고 여유 없이 살았다면 아이들 다 큰 50대 이후에는 하루를 살더라도 여유 있고 하고 싶은 대로 하며 살아보자. 당신만의 공간을 확보하는 데 5백만 원, 아니 1천만 원이 든다 하더라도 그 공간이 있음으로 인해 당신이 느낄 수 있는 만족과 즐거움은 돈으로 환산하기 어려울 만큼 큰 것이다.

인터넷과
사귀어라

사람은 꿈이 후회로 바뀔 때 비로소 늙는 법이다.

_ 존 베리모어

일상생활을 좀더 편리하게 하고 세상 돌아가는 소식을 가까이 접하며 또 새로운 친구들을 사귀고 싶다면 반드시 친해져야 하는 것이 있다. 정보화 사회를 이끄는 컴퓨터와 인터넷이 바로 그것이다. 모든 세대에게 그렇지만 중장년에게 인터넷은 너무나 유용한 도구이다.

하지만 중장년층 중에는 아직도 컴퓨터와 담을 쌓고 사는 사람들이 많다. 컴퓨터를 좀 몰라도 아쉬울 것이 없다고 생각하기 때문이다. 만일 당신이 컴퓨터를 다루지 못하고 인터넷의 '블로그'를 모르는 사람이라면 세상과의 단절을 감수하든가, 아니면 지금이라도 당장 컴퓨터 교육을 받아야한다. 시대는 달라졌다. 물건을 사고팔기도 하며 은행 업무를 보기도 하고 다양한 정보와 뉴스를 접하고 많은 사람들과 의견을 교환하는 곳이 바로 인터넷이다.

인터넷을 하게 되면 식료품 구입에서 관공서 볼일에 이르기까지 생활에 필요한 사소한 일을 보기 위해 이곳저곳 찾아다닐 필요가 없으며, 하루 종일 걸릴 일이 10분이면 끝날 수 있어 시간 면에서도 이득이다. 게다가 실시간 뉴스를 통해 세상의 흐름을 읽을 수 있고 다양한 정보를 손쉽게 얻어낼 수 있다.

사람들과의 의사교환 역시 메일이나 메신저를 통해 어디서든 즉석에서 이루어지며, 외국에 나가 있는 자녀의 얼굴이 보고 싶다면 화상채팅을 통해 언제든지 볼 수도 있다.

어디 이뿐인가? 혼자서 갑갑하고 무료할 때는 여러 사람들과 대화를 나눌 수 있으며, 몸이 아플 때는 건강진단도 받을 수 있다. 이렇게 편리하고 좋은 세상을 열어주는 컴퓨터를 모르고 산다는 것은 안타까운 일이며 손해 보는 인생이다.

4, 50대 중에서도 60대처럼 컴퓨터와 인터넷에 대한 심적 부담감을 갖는 이들이 적지 않다. 영어를 몰라서, 손놀림이 늦어서, 돈이 아까워서, 너무 어려워서 등등 컴퓨터를 접하지 않는 중장년층의 이유는 제각각이다. 컴퓨터는 한글만 알아도 되고 손동작이 늦어도 된다. 유치원생도 이용할 만큼 작동이 간단하며 월 3~4만 원의 인터넷 이용료와 약간의 전기요금이 들어갈 뿐이다. 이 같은 사실에도 불구하고 여전히 컴퓨터와 인터넷이 젊은 사람들만의 소유물이라고 치부하겠는가?

컴퓨터에 대해 아무것도 모르는 초보자라면 먼저 한국정보문화진흥원의 문을 두드려라. 정통부 산하기관인 한국정보문화진흥원KADO은 현재 문서 작성과 인터넷 활용 같은 기초 과정부터 홈페이지 제작이나 쇼핑몰 구축과 같은 고급 과정까지 다채로운 프로그램을 마련하여 정보화 교육을 실시하고 있다.

초급자를 대상으로 하는 기초 과정은 컴퓨터의 기본적 이용에 역점을 두는 내용으로 짜여 있다. 여기서는 윈도우와 인터넷 조작, 한글97과 한글 2004의 작성 요령을 배울 수 있다.

실용과 직능 과정은 좀더 고난도의 교육 과정으로 한글97과 한글2004, 엑셀, 파워포인트 운용과 홈페이지 제작을 중심으로 수업이 이루어진다. 좀더 활용도가 높은 직능 과정의 경우 각종 자격증 취득 준비와 프로그래밍, 웹 디자인, 그래픽 디자인, 인터넷 쇼핑몰 구축 등 수준 높은 정보화 교육 내용을 담고 있다.

교육은 복지관과 대학 등 전국 198개 기관에서 이루어지는데 각 과정마다 대략 20~30시간의 일정으로 진행되며, 만 55세 이상이면 누구나 무료로 참여할 수 있도록 하고 있다. 게다가 관련 웹 사이트인 '어르신나라 www.aged.co.kr'에서 교육기관의 위치와 교육 내용·시기를 확인할 수 있다. 주소창에 직접 '어르신나라'라고 입력하거나 네이버, 엠파스 등의 포털 사이트에서 '어르신나라'를 검색해도 사이트 주소를 알려주니 마우스를 클릭만 하면 된다.

이곳에서 '로그인log in'과 '로그아웃log out' 등의 영어를 각각 '들어가기'와 '나가기' 등의 우리말로 바꿔 누구나 메뉴의 기능을 쉽게 알 수 있도록 했다. 또 눈이 침침한 장년층을 위해 사이트의 내용을 최대 10배까지 확대해 볼 수 있는 기능도 있다. 이 사이트의 메뉴는 정보화 교육과 관련된 정보 제공이 중심이지만, 장년층만의 대화공간인 '사랑방', 1인 미디어인 '블로그', 온라인 교류 모임인 '동아리방'을 비롯해 다양하며 '기자단'까지 운영하고 있다.

만일 당신이 40대이거나 50대 초반인데도 컴퓨터와 친하지 않다면 한 시간만 자녀들의 도움을 받아라. 켜고 끄는 정도의 기본적인 조작법과 마우스 사용법만 알아도 스스로 배울 수 있는 길은 사이버상에 무수히 많다.

컴퓨터와 친해지기

1. 컴퓨터를 잘 아는 주변 사람과 친해져라

주변 사람들 중 컴퓨터에 해박한 지식을 가진 사람들을 통해 자문을 얻은 후 컴퓨터를 구입하고, 그들에게 사용 방법을 배워라.

2. 구청이나 도서관에서 하는 무료 교육을 받아라

컴퓨터 배우기는 밥 짓는 방법을 배우는 것만큼이나 아주 간단하고 쉽다.

3. 일상생활에서 컴퓨터를 이용해라

뉴스나 정보는 컴퓨터를 통해 접하고 확인해라. 은행 업무, 물품 구입, 관공서 볼일 등은 인터넷을 통해 해결해라.

4. 인터넷을 통해 정보를 얻어라

건강, 노인, 뉴스 등 자주 들어가는 사이트는 즐겨찾기에 올려놓아라. 몇 번의 클릭만으로도 필요한 정보를 얻을 수 있다.

5. 취미생활도 컴퓨터를 이용해라

좋아하는 음악이나 영화도 컴퓨터로 보고, 그 외 취미생활에 도움이 되는 정보도 찾아라.

1년에 두 번
특별한 여행을 즐겨라

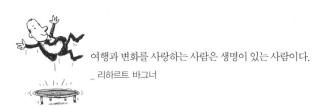

여행과 변화를 사랑하는 사람은 생명이 있는 사람이다.
_ 리하르트 바그너

"언니, 이젠 애들도 다 컸는데 형부하고 여행이라도 좀 다니고 그래. 젊었을 때 그렇게 고생했으면 나이 들어서라도 적당히 즐기고 살아야지."

"아이고. 그런 말 말아라. 애들 아직 결혼도 안했는데……. 그리고 우리가 뭐 갑부냐? 외국으로 놀러 다니게……."

"그래, 언니는 어쩔 수 없어. 나는 언니처럼은 안 살아. 나이 60 넘어서 형부한테 여행 가자고 해봐라. 그때 가면 늙어서 객사할 일 있냐고 할 거다. 젊어서 안 하던 짓이 나이 든다고 어느 날 갑자기 되는 줄 알아?"

중장년층의 자매가 나누는 이런 대화를 우리는 주변에서 쉽게 접하게 된다. 동생의 말이 맞는 얘기다. 돈이 아까워 쓰지 않는 사람은 나이 들어서도 쉽게 변하지 않는다.

여자든 남자든 너무 지독하게 모으고만 살다가 나이 들어 배우자에게 "우리 여행이나 갈까?"라고 한다면 때는 이미 늦은 일이다. "옛날에는 그렇게 가자고 해도 안 가더니 이제 다 늙어서 무슨 여행? 당신 혼자서나 가요."라는 면박만 받는다.

남들이 해외여행을 간다고 해서 형편도 안 되는 사람들이 젊었을 때부터 허구한 날 놀러 다니고 돈 쓰는 일에만 열중한다면 그것은 분명 문제가 있다. 하지만 50대는 어느 정도 생활의 안정을 찾은 시기인 만큼 1년에 한두 번은 부부 단둘이 또는 온 가족이 여행을 떠나는 것이 인생을 알차게 즐겁게 사는 방법이다.

국내든 해외든 그때그때 테마를 정해 함께 떠나는 여행은 부부간에 많은 대화를 할 수 있는 계기가 된다. 그로 인해 서로에 대한 이해와 신뢰를 높일 수 있으며 애정도 한층 두터워진다. 특히 자녀들이 청소년기를 지나 성인이 되는 50대에는 한 번은 국내, 한 번은 해외 하는 식으로 계획을 짜서 여행을 다닌다면 젊은 시절 자녀들을 키우며 고생해 온 것에 대한 적절한 보상이 될 수 있다.

하지만 적지 않은 50대들이 "아직 애들이 결혼도 안 했는데……", "해외여행이 한두 푼 드는 게 아니잖아."라는 생각을 한다. 당신이 여기 속한다면 지금 바로 생각을 바꿔야 한다. 자식들 대학교까지 졸업시켰다면 부모가 무엇 때문에 자기 인생을 찾지 못하는가? 자식이 부모의 인생에 대해 보상을 해줄 거라 생각하면 오산이다. 자식은 자식일 뿐이다. 자식을 위해 6, 70대까지 뒷바라지한 부모들의 노후가 어떠했는지 본 적이 있는가? 병들어 대소변을 받아낼 처지가 되면 자식들의 십중팔구는 요양원을 찾거나 장남의 몫으로 미룰 뿐이다.

여유가 된다면 40대 중반 이후부터는 당신 자신의 삶을 찾아가는 연습을 해야 한다. 여행은 그중 하나이다. 새로운 사람들, 새로운 문화, 새로운 볼거리는 늘 우리의 가슴에 흥분을 안겨주는 일이며, 더 훗날에는 이 흥분을 추억하는 것만으로도 행복할 것이다.

여행 테크닉

1. 비수기에 떠나라

각 나라별로 차이는 있지만 3~5월, 9~11월이 해외여행 비수기이다. 이때는 항공 요금과 호텔 요금을 20~30퍼센트 절약할 수 있다.

2. 여행의 목적을 정확히 하고 여행지를 선택해라

휴식을 위한 것인지, 관광 또는 문화 체험을 위한 것인지에 따라 시간과 여행지는 달라진다.

3. 여행은 많은 돈을 쓰게 된다는 통념을 버려라

준비에 철저하면 비용은 다른 이들의 절반으로도 줄어든다. 현지에서 구입하면 비싸므로 필요한 것들을 꼼꼼히 챙긴다.

4. 패키지 여행객에 끼어서 가라

항공료와 호텔 요금을 줄일 수 있다. 단 현지에서는 별도로 여행을 다녀라. 그래야 좀더 여유롭게 여행을 즐길 수 있다.

5. 환전은 필요한 만큼만 하고 신용카드를 가져가라

돈이 남으면 다시 환전해야 하므로 수수료 비용만 이중으로 나간다.

취미생활은
필수다

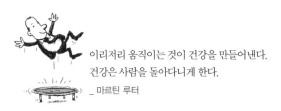

이리저리 움직이는 것이 건강을 만들어낸다.
건강은 사람을 돌아다니게 한다.
_ 마르틴 루터

나이는 60대지만 디지털카메라, 탁구, 에어로빅, 스킨스쿠버 등 활동적
인 취미를 즐기는 이들이 갈수록 늘고 있다. 취미생활에 대해 전문가들은
이렇게 조언한다.

"자신이 하고 싶었던 일을 당당하게 즐기려는 적극적인 자세가 필요하
다. 나이를 생각할 필요도 없고 주위의 눈치를 볼 필요도 없다. 자신의 성격
과 체력, 경제적인 여건에 맞는 프로그램을 직접 찾아다니는 능동성을 발
휘해야 한다. 또 올바른 취미생활을 영위하는 데에도 사전준비와 지식이
있어야 한다."

막걸리와 청바지로 대변되는 50대에게 문화생활이란 곧 술 마시고 노래

하는 것, 그리고 '아무 일도 안 하고 그냥 쉬는 것'이 전부다. '일벌레'처럼 토요일은 당연히 근무하는 날이고, 일요일에도 회사에 나가 일하는 것이 오히려 마음 편하다.

그렇지만, 일 외에 먹고 자고 노는 것만으로 노년의 인생을 살아간다면 그것은 매우 위험한 일이다. 자신이 좋아서 하는 활동이 있어야 하고 거기서 보람을 얻을 때 즐거움이 생긴다. 노년에 이러한 즐거움의 원천을 가지려면 4, 50대에 미리 자신만의 취미활동을 준비하고 시작해두어야 한다.

취미가 없는 사람은 나이가 들수록 외로울 뿐이다. 젊은 시절에는 친구들과 어울리느라 여유 시간이 오히려 부족할 정도지만 나이가 들면 달라진다. 어디서 즐거움을 찾고 어디서 활력을 찾을 것인가? 또 어디서 다양한 계층의 사람들을 만날 것인가?

어느새 친구들도 하나둘 세상을 떠나고, 60대가 되면 마땅히 오갈 데도 없어진다. 일조차 하지 않는다면 삶은 더욱 쓸쓸하고 외로울 뿐이다. 동네 경로당에 나가 시답잖은 대화로 시간을 보내거나 등이 휘어지는 아픔을 감수하며 손자, 손녀의 보모가 되고 싶다면 취미생활은 필요 없을지도 모른다. 하지만 이렇게 노년을 보낸다는 것은 자신에게 주어진 소중한 시간을 허비하는 것이나 다름없다.

어떤 취미가 좋은지 정답이 따로 있는 것은 아니다. 사람마다 좋아하는 것이 제각각이므로 어떤 것이든 상관없다. 비도덕적이고 비정상적인 것이 아니라면 무엇이든 취미가 될 수 있다. "난 취미가 없어."라고 말하는 사람들도 있다. 하지만 없는 것이 아니라 찾지 않을 뿐이다. 진지하게 자신을 들여다보고 어떤 일에서 즐거움을 얻는지를 찾아내는 노력을 해본 적이 없는 것이다. 지금부터라도 자신을 위해 무언가 한 가지는 시작하고 가꿔나가자.

여성들의 경우, 구청 문화센터에서 준비하는 프로그램만도 수십 종에 달한다. 일반 학원이나 교육기관에 비해 비용도 저렴하여 3개월 강좌에 4~5만 원 정도다. 마음만 먹으면 자신이 즐길 수 있는 취미를 골라 시작하고 어느 정도 자리 잡기까지 큰 도움을 받을 수 있다.

일상에서 쉽게 접할 수 있는 활동 말고 색다른 나만의 것을 찾고 싶다면 사진촬영, 그림, 문화유산 답사, 요가, 악기 연주 등은 어떨까? 나이가 들어도 꾸준히 즐길 수 있는 취미생활들이다. 무엇을 해야 할 지 정말로 망설여진다면 먼저 자신이 가장 잘하는 것, 또는 가장 하고 싶은 것 중 한 가지를 찾으면 된다. 이를 테면 요리, 춤, 노래, 꽃꽂이, 바둑, 골동품 수집 등이 있다.

종류는 정했는데 어떻게 접근할 것인지, 어떻게 즐길 것인지 막막하다면 인터넷 속에 그 길이 있다. 동호회, 교육기관, 카페 등 그 취미에 도움을 줄 만한 정보를 갖춘 곳들이 정말 많다. 같은 취미를 가진 동호회를 찾았다면 나이, 성별, 직업 등에 개의치 말고 적극 참여해라. 동호인이 많은 분야라면 연령대별, 지역별 모임들도 다양하므로 선택의 폭은 더욱 넓어진다.

1주일에 한두 번 자신만의 취미생활, 그 세계에 몰입해라. 좋아하는 것과 생각이 같은 사람들끼리 만나고 함께 활동함으로써 즐거움과 만족을 얻을 수 있다. 이러한 활동은 생활의 에너지원이 된다. 또한 취미생활이지만 작품 발표회 또는 전시회를 갖거나 눈에 보이는 결과물을 만들어낼 경우에는 그에 대한 만족도가 더욱 커진다.

취미생활, 이렇게 시작하자

1. 하고 싶은 일의 목록을 만들어라

종이를 한 장 꺼내 20대 때부터 지금까지 한번쯤 배워보거나 해보고 싶었던 일들을 최소한 열 가지 이상 적어라. 그중에서 가장 하고 싶은 것 한 가지를 골라 먼저 시작해라.

2. 좋아하는 것을 즐겨라

취미생활을 장기자랑으로 여기지 마라. 다른 이들과 비교할 필요도 없다. 부담없이 편안하게 심신을 단련하는 것쯤으로 가볍게 시작해야 한다.

3. 지역문화센터를 찾아가라

지역문화센터에는 수십 종의 취미생활 강좌가 있다. 직장인도 참여할 수 있도록 시간대별로 나눠 운영하며 비용도 매우 저렴하다. 보통 집과 가까운 거리에 있으므로 쉽게 활용할 수 있다.

4. 부부가 함께할 수 있는 취미를 가져라

가벼운 스포츠 또는 전문성을 요하지 않으면서 쉽게 접할 수 있는 것이라면 부부가 함께 즐기는 것이 좋다. 그러면 서로에 대한 이해와 애정도 높아진다.

입을 즐겁게 해주는
별미를 찾아 나서라

인생의 짜릿한 흥취란 새로운 일을 하는 데 있다.
_ 앤드류 매튜스

남녀노소를 막론하고 먹지 못하면 큰 문제다. 음식을 먹을 수 없는 처지이거나 음식을 먹고 싶어하는 욕망이 없는 상황이라면 건강에 분명 문제가 생긴 것이다. '잘 먹고 잘 배설하는 것만큼 중요한 일은 없다'고 했다. 먹지 못하거나 먹어도 제대로 배설하지 못한다는 것은 신체의 기능이 이미 끝났다는 얘기나 다름없다. 먹는 것 잘 먹고 배설도 잘 하는데 심각한 병에 걸린 사람은 극히 드물다.

인간이 갖는 원초적인 욕구는 다양하지만 나이가 들어도 변하지 않는 것이 바로 식욕이다. 오죽하면 노인들 스스로 '늙으면 밥때만 기다리게 된다'는 말을 하겠는가. 그만큼 먹는 즐거움이란 그 무엇과도 바꿀 수 없는 즐거움이다. 특히 노년이 되면 일이나 사랑 또는 어떤 활동 등에서 즐거움을 느끼기 어렵다. 느끼더라도 그 농도가 떨어지기 마련이다.

식사에 관한 한 프랑스와 스페인 사람들을 빼놓을 수 없다. 특히 우리나라의 중장년층이나 노년층은 그들의 식생활 습관에 관심을 가져볼 필요가 있다. 우리가 식사를 '먹는 일'로 생각한다면 프랑스나 스페인 사람들에게는 '먹는 즐거움'이라고 말할 수 있다. 같은 유럽이라 하더라도 독일에서는 점심시간이 10분이면 족하지만 프랑스나 스페인 사람들에게는 두 시간 정도가 걸린다.

젊은 날에는 바쁘게 살다 보니 독일인처럼 먹었다고 치자. 하지만 나이가 들면 스페인이나 프랑스 사람들처럼 식사만큼은 여유있게 하는 것이 좋다. 아니, 그것은 꼭 필요한 일이고 행복한 일이다. 식사시간이 긴 것은 그만큼 즐거움을 느끼는 시간도 많다는 것을 의미한다. 또한 나이가 들수록 식생활은 건강과 직결되므로 먹는 일을 가볍게 볼 것이 아니다.

이런 즐거움을 느끼기 위해서는 한 달에 두 번 정도는 지출을 감수해야 한다. 아끼고 절약하는 습관도 중요하지만 나이가 들어서는 쓸 때 써야만 남 보기에 궁색해 보이지도 않고 자기 자신 또한 만족스러워진다. 평소에는 집에서 음식을 만들어 먹더라도 가끔은 아주 편안한 식당에 가서 여유있게 웰빙 식사를 즐기자.

2, 30대 젊은층이 이곳저곳 맛있는 집을 찾아다니며 음식을 먹는 것은 그다지 아름답다는 생각이 들지 않지만, 50대 정도가 되면 누가 보아도 여유 있어 보이고 부러워할 만한 일이다. 특히 혼자가 아닌 친구 또는 부부끼리 별미를 찾아 나서는 일은 그야말로 엔돌핀이 솟는 일이다. 평소 자주 접해 보지 않은 별미를 먹으면서 이런저런 대화를 나누는 것은 그 자체가 삶의 여유이고 즐거움이 된다.

국적불명의 퓨전 요리나 젊은층에게 소문난 집보다는 우리의 옛 맛을 그
대로 간직한 오래된 전통음식 전문점을 찾아가보자. 교외에 있는 곳이라면
소풍을 간다는 생각으로 떠나보자. 먹는 즐거움 못지 않게 찾아다니는 즐
거움도 더해질 것이다.

노무족으로 살아라

노령에 활기를 주는 진정한 방법은
마음의 청춘을 연장하는 것이다.
_ 콜린스

덥다고 윗단추 풀면 오빠, 바지 걷으면 아저씨, 내복 벗으면 할배.

목욕탕에서 거울을 보며 가슴에 힘주면 오빠, 배에 힘주면 아저씨, 코털 뽑으면 할배.

술 먹고 나서 돈 걷으면 오빠, 서로 낸다고 하면 아저씨, 이만 쑤시고 있으면 할배.

배낭여행 가면 오빠, 묻지마관광 가면 아저씨, 효도관광 가면 할배.

오빠라는 소리에 덤덤하면 오빠, 반색하면 아저씨, 떽!! 하고 소리 지르면 할배.

한동안 인터넷에 떠돌았던 '오빠, 아저씨, 할배 구분법'이라는 유머다.

여기서 한발 더 나아가 최근에는 노무족이라는 신조어가 생겨났다. 만일
이 용어를 한 번도 들어본 적이 없다면 당신은 매스컴을 멀리하거나 사회

트렌드에 어두운 사람임에 틀림없다. 노무NOMU족이란 '더 이상 아저씨가 아니다. No More Uncle' 이라는 의미로, 나이에 구애받지 않고 자유로운 사고와 생활을 추구하는 4, 50대를 말한다.

남성들은 중년으로 불리기 시작하는 40대에 접어들면 제2의 사춘기를 겪는다. 몸 상태가 예전 같지 않고 눈가에는 주름이 잡히며 탈모가 진행되고 흰머리가 늘어난다. 정신적으로는 자신감이 없어지고 인생의 절반을 살았다는 것에 대한 아쉬움과 앞으로의 삶에 대한 불안심리 등이 겹쳐진다.

정신분석학자 칼 융은 이런 현상을 두고 '인생의 정오noon of life' 에서 겪는 '상승정지증후군' 이라고 했다. 한 가정을 책임지며 직장이나 사회에서 생존경쟁을 해야 되기 때문에 여성보다 위기감을 느끼는 강도가 훨씬 강한 중년 남성들, 그들이 어느 날 '아저씨' 로 불리는 자신을 발견하게 된다. 하지만 자신만은 후줄근한 구세대로 밀려나기 싫다는 생각을 갖게 되고 이 때문에 노무족이 탄생한 것이다.

보통 4, 50대면 386세대, 사오정, 475세대 등으로 불리곤 했다. 게다가 기혼자들이 대부분이고 나이 들어가는 모습이 한눈에 드러나는 편이니 거리에서든 동네에서든 그들을 부르는 용어는 오로지 '아저씨' 일 뿐이었다. 그들은 다소 권위주의적이고 보수적이어서 '남자는 남자다워야 한다' 거나 '여자는 조신해야 한다', '결혼은 반드시 해야 한다' 등의 사고방식을 고수하는 세대이다. 이들은 신세대나 X세대들과는 전혀 어울릴 수 없는 세대로 인식되어 왔다.

하지만 4, 50대 중에서도 진보적인 남성들이 건강을 중시하고 패션에 신경을 쓰며 문화 활동에 관심을 갖기 시작했다. 이들은 젊은이들 못지않게 외모를 가꾸는가 하면 청바지에 티셔츠 차림을 좋아한다. 가족들에게는 권위주의적인 남편이나 아버지가 아닌 친구 같은 다정다감한 모습을 보이며 가끔 아내와 함께 영화나 연극을 감상하고 자녀들과 배낭여행이나 문화탐방을 떠나기도 한다. 또 자신이 좋아하는 취미생활이나 동호회 활동에도 열심이고, 꾸준히 자기 계발을 위한 노력을 기울이며 다른 세대와 융합하고자 노력한다.

당신은 어디에 속해 있는가? 오빠인가, 아저씨인가, 할배인가? 아니면 노무족인가?

인생은 단 한 번 주어진 기회이고 60세만 넘으면 '노인'이라 칭하던 시대는 지났다. 살아 숨 쉬는 한 건강하고 자신 있게 70대, 80대를 살아가야 한다. 그렇다면 당신도 노무족의 대열에 합류하는 것은 어떤지…….

아저씨와 노무족의 차이점

구분	아저씨	노무족
몸매	몸무게에 상관없이 불룩하게 나온 뱃살	2, 30대처럼 탄탄한 몸매
이미지	권위주의적 아버지	친구, 선배 같은 아버지
좋아하는 음악	트로트, 가곡	발라드, 랩, 팝송, 클래식 등 구분없이 소화
옷	아내가 사주는 옷, 주로 무채색 계열	캐주얼 선호, 청바지 한두 개는 기본이며 직접 구입하는 옷이 많음
액세서리	시계, 반지	명품 가방, 목걸이, 모자, 스카프
여가	골프, 등산, 단체관광	가족여행, 영화관람, 주말농장, 레포츠, 자원봉사
화장	스킨, 로션조차도 안 바를 때가 많음	스킨, 로션 등 기초화장품은 기본이고 컬러로션, 아이크림을 사용하며 팩을 하거나 피부 관리실 이용
가사	아내가 없으면 음식을 사 먹는다. 청소나 세탁을 절대 하지 않는다.	청소, 요리, 세탁을 할 줄 알며 아내가 없거나 힘들어할 때 직접 한다. 자녀들과 함께 요리를 즐기기도 한다.

촌스러운 화려함보다는
심플한 세련미를 입어라

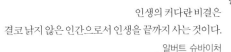

인생의 커다란 비결은
결코 낡지 않은 인간으로서 인생을 끝까지 사는 것이다.
_ 알버트 슈바이처

'지나치면 모자람만 못하다'는 말이 있다. 종종 일부 중장년층에서 볼 수 있는 패션이 그렇다. 80대 못지않은 화려한 디자인과 컬러로 치장했는데 그 화려함이 지나쳐 왠지 촌스러워 보이기도 하고 격이 없어 보이기까지 하는 경우다.

나이 들어가는 것이 서글프다고 느껴지는 나이가 되면 조금이라도 더 젊게 보이려고 옷의 디자인이나 컬러를 화려하고 밝은 쪽으로 선택하는 경향이 있다. 이는 성별에 관계없이 중장년층에게 공통적으로 나타나는 심리적 현상이다. 어둡거나 가라앉은 느낌의 색보다는 2, 30대에도 즐겨 입지 않았던 붉은색이나 노란색을 선택하기도 하고, 밋밋한 디자인보다는 줄무늬

나 글씨가 새겨진 캐주얼 의류도 마다하지 않는다.

패션을 통해서라도 젊어지고 싶어하는 중장년층의 보상심리는 지극히 정상적이다. 문제는 지나친 화려함이 낳는 부자연스러움이다.

최근 몇 년 사이에 중장년층의 패션은 놀라울 정도로 바뀌고 있는데 특히 남성들의 패션은 패션쇼의 모델만큼이나 젊게 변했다. 컬러는 화려해졌고 디자인은 2, 30대의 캐주얼 정장풍으로 바뀌었다. 또 여행할 때나 주말에 입는 옷은 점퍼와 정장 바지에서 티셔츠와 청바지로 획기적인 변신을 했다.

정장을 입을 때보다 더 신경을 써야 할 때가 캐주얼 의류를 입을 때이다. 디자인은 물론이고 색상이나 벨트, 신발, 모자, 양말 등과 같은 액세서리가 서로 조화를 이루어야만 '젊은 오빠' 소리를 들을 수 있다. 패션 감각이 없다면 아내나 자녀들에게 코디를 부탁해라. 가족의 도움을 받는 일이 불편하다면 남성잡지를 구입해서 보거나 인터넷의 패션 관련 사이트를 통해 디자인과 컬러의 조화를 두루두루 눈에 익혀라.

'옷이 날개'인 것은 두말할 필요가 없다. 문제는 젊게 입는다고 해서 다 젊어 보이는 것은 아니라는 사실이다. 자유롭게 입되 화려함보다는 깔끔함에 비중을 두고 전체적인 조화에 신경을 써야 한다.

젊고 건강하고 멋지게 사는 비결

1. 마음을 편하게 가져라

욕심을 덜 부리고 양보하고 이해하는 마음으로 살면 스트레스가 없어져 덜 늙는다.

2. 운동은 날마다 꾸준히 해라

하루아침에 날씬해지려 하지 말고 장기전으로 생각해라. 어느 순간부터 몸매 관리, 건강 관리는 저절로 된다.

3. 야채와 전통음식을 많이 먹어라

살이 많이 찌지 않으면서도 몸에 좋은 영양소가 듬뿍 들어 있다.

4. 과일을 많이 먹어라

수분과 비타민을 공급해 촉촉하고 팽팽한 피부를 유지하게 한다.

5. 너무 유행을 따라가지 마라

체형에 맞는 디자인과 피부에 어울리는 컬러의 옷을 선택하면 좋다. 싼 옷도 좋지만 백화점 세일 기간을 이용해 질 좋은 옷을 구입하는 것도 절약이다. 그런 옷은 오랫동안 유행에 상관없이 입을 수 있다.

제4장

건강하게
일하라

2010년 기준 65세 이상 노인 인구가 전체 인구의 11.3 퍼센트(2011년 6월 통계청 발표)로 우리나라도 고령화사회로 들어섰다. 고령자의 비중이 그만큼 높아졌다는 것은 출산율이 낮아진 데도 원인이 있지만 수명이 늘어났기 때문이기도 하다. 수명이 늘었다는 것은 반가운 소식이다. 그렇지만 그에 맞추어 삶의 질도 향상시켜야 하는 과제가 우리 앞에 놓여 있다. 무조건 오래 사는 것이 중요한 것이 아니라 행복하게 오래 사는 것이 중요하다. 그러기 위해서 건강을 지키는 것은 가장 중요한 전제조건이다.

즐겁게 할 수 있는
일을 찾아라

일이 즐거우면 인생은 낙원이지만 괴롭다면
그것은 지옥이다
_ 막심 고리키

'하고 싶은 일을 하면서 살 수는 없을까?' 대다수 사람들이 하루에도 몇 번씩 이런 푸념을 하며 산다. 자신이 잘할 수 있고, 하고 싶은 일이면서 돈까지 벌 수 있는 일은 없을 것이라 생각하기 때문이다. 그러나 이런 소망을 꿈이 아닌 현실로 만들고 있는 사람이 있다.

43세에 법조계에 발을 디딘 미대 출신의 한 변호사가 바로 그 주인공이다. 사법연수원생 대부분이 안정을 찾아 로펌, 기관 등의 문을 두드리는 상황에도 그녀는 네 명의 연수원 동기생과 함께 법률사무소를 차려 독립의 길을 택했다. 한 언론사와의 인터뷰에서 그녀는 "이제 변호사도 특권 의식을 버리고 고객에게 차별화된 서비스를 제공하는 법률서비스의 새로운 패러다임을 정립해야 할 때"라고 말했다.

'그림'에 대한 애착을 버릴 수 없어 남들보다 10여 년이나 늦게 미대에 입학한 데 이어 이번에는 문화예술계에 꼭 필요한 전문 변호사가 되고자 남다른 길에 들어선 것이다. 단지 돈을 위해서 또는 명예나 권위를 위해서 가 아니라 자신이 진실로 원하는 일을 하기 위해 직업을 택한 경우이다.

이 분야의 전문가인 알 지니Al Gini에 따르면 '인생에서 가장 후회되는 것 이 무엇입니까?'라고 물었을 때 퇴직자 다섯 명 중 네 명이 '좋아하지 않는 일을 계속했던 것'이라고 대답했다고 한다. 흔히 생각하는 것과 달리 노인 들은 떠나버린 사랑을 애달파하지 않는다. 하지만 가버린 일에 대해서는 아쉬워한다.

50대 이후에 새로운 직업을 찾거나 사업을 시작할 때는 반드시 고려해 야 할 것이 있다. 더욱이 6, 70대에도 일을 하겠다고 생각하는 사람이라면 '내가 정말 좋아하는 일인가?' 하는 질문을 던져야 한다. 자신이 좋아하는 일이어야만 스트레스도 덜 받고 돈도 벌면서 오랫동안 열정적으로 일을 할 수 있기 때문이다.

한의대 입학을 위해 아들과 함께 수능시험을 본 40대 전직 선생님, 대기 업을 박차고 나와 법무사 시험공부를 하는 사람, 50세에 공인중개사에 도 전하여 부동산사무소를 연 데 이어 관련 분야 전문대학원에도 입학한 사장 님 등 내 주변만 해도 수많은 사람들이 변신을 시도하고 있다. 그들의 변신 은 하나같이 자신들이 좋아하고 해보고 싶었던 일에 뒤늦게나마 뛰어드는 것이다.

예전과는 달리 요즘 부모들은 자녀들에게 "네가 좋아하는, 잘할 수 있는 직업을 택하라."고 말한다. 자녀들의 적성과 개성, 그리고 그들의 선택을 존중한다는 입장이다. 이처럼 세상이 변했는데 아직도 돈 많이 주는 직장,

좀더 편한 직장, 정년퇴직 때까지는 쫓겨날 일이 없는 직장을 찾는 사람들이 있다는 것은 참으로 안타까운 일이다.

시대는 분명히 달라졌다. 50대 중반이 되어서 퇴직 후 무엇을 할까 고민하는 것은 이미 때늦은 일이다. 40대 후반에서 50대 초에 자신의 마지막 직업을 결정하거나 준비해야 한다. 준비되어 있지 않은 50대 후반, 60대 초의 인력은 어느 곳에서도 욕심내지 않을 것이기 때문이다. 또 60대가 되었다고 해서 아무 일 없이 놀기만 하는 사람은 가족은 물론이고 주변 사람들에게도 환영받지 못한다.

60대에는 당연히 일을 할 것이고 70대가 되어도 건강이 허락하는 한 일을 할 것이라고 생각한다면, 50대에 다시 찾는 일은 무엇보다도 자신이 원하는 일이어서 늘 즐거워야 하는 것이다.

건강을 위한
3박자를 체크하라

의사를 부르기 전에 휴식, 즐거움,
절제의 세 가지를 먼저 의사로 삼으라.
_ 서양 격언

건강해지려면 반드시 함께 박자를 맞추어야 할 세 가지가 있다. 적당한
운동, 충분한 휴식, 균형 있는 식생활이 바로 그것이다.

단순해 보이지만 살아가면서 이 세 가지를 균형 있게 실천하기는 쉽지
않다. 특히 2, 30대에게는 현실성이 떨어진다고 할 수도 있다. 단적인 예로
한창 일해야 하는 시기에 충분한 휴식을 취하라는 것 자체가 그렇다. 쉬고
싶을 때 쉬면서 경쟁사회에서 앞서가기란 불가능하기 때문이다. 게다가 20
대에는 특별히 운동을 하지 않아도 일하는 자체만으로도 기본적인 체력활
동이 이루어지므로 이 또한 절대적인 것은 아니다. 식생활 역시 어떤 음식
을 먹어도 소화가 잘 되는 시기다. 오죽하면 '쇠를 삼켜도 소화시키는 나

이' 라는 말을 하겠는가?

특히 신경을 써야 하는 사람들은 바로 중장년층이다. 우리나라의 중년은 세계적으로 유례없는 스트레스 속에 살고 있다고 해도 과언이 아니다. 사교육 열풍, 집값 폭등, 직장 문제 등으로 40대에는 30대보다 더 치열한 경쟁사회 속에서 살아남아야 한다. 이 같은 사회분위기는 정신적 스트레스를 가중시켜 건강에 또 하나의 장애물로 작용한다.

40대가 넘어서면 남녀 불문하고 체력이 급격히 떨어지며 운동을 하지 않으면 다리가 뻐근해지고 뱃살이 나온다. 노동량이 많은 사람들은 어깨 근육이 뭉치고 장시간 앉아 있는 사람들은 하체가 약해지면서 허리둘레가 늘어난다. 게다가 잦은 음주와 육식 위주의 식사 습관은 비만을 불러일으키며 성인병을 재촉한다. 또 적당한 휴식을 취하지 않으면 돌연사로 한순간에 이 세상을 하직하게 된다. 그야말로 위기의 세대가 아닐 수 없다.

그런 40대를 거쳐 50대에 이르면 사람들은 그제야 '내 인생', '내 건강'에 주목하기 시작한다. 50대 초반부터만 제대로 시작해도 늦지 않다. 문제는 이 시기에도 자신의 건강과 삶을 신경 쓰지 못하는 이들이 적지 않다는 것이다. 건강은 그 누구도 대신 챙겨주지 않는다. 아니 챙겨주기 힘든 일이다. 스스로 관리하지 않으면 안 된다.

먼저 적당한 운동을 실천해라. 40대 후반부터는 규칙적으로 운동하는 습관을 들여야 한다. 자신 있는 운동이 없고 준비할 여유가 없어도 좋다. 걷기 운동만으로도 운동은 충분하다. 단 1주일에 3~4회, 30분에서 1시간 정도 땀을 흘리는 운동이 좋다. 한차례 땀을 빼내고 샤워를 하면 몸이 개운해지고 3개월만 지나면 하체가 탄탄해지는 것을 실감하게 된다. 평소 육체적 활동이 많은 사람은 달리기나 등산 같은 과격한 운동보다는 요가나 체조, 스트레칭과 같은 몸을 풀어주는 운동을 하고, 많이 사용하는 관절은 자주 쉬어주어야 한다.

운동과 병행해야 할 또 다른 실천과제는 균형 있는 식생활이다. 육류보다는 야채 섭취를 늘리고 밤늦게 하는 식사는 피하며 음주량을 최소한으로 줄이는 노력이 필요하다. 또 청량음료보다는 물을 자주 마시고 흡연은 삼가는 것이 현명하다. 식사시간과 수면시간을 일정하게 유지하는 것, 하루세 번 식후에 양치질을 꾸준히 하는 것도 매우 중요하다. 그리고 일반 식사로 보충할 수 없는 영양분을 보충하기 위해 비타민의 섭취를 적극 권한다.

이 두 가지 노력에 한 가지를 더해 충분한 휴식을 취해 주어야 한다. 업무량이나 육체적 노동량을 적절하게 조절하는 것이 좋다. 이를 테면 하루 8시간 정도 일하고 수면과 식사, 독서 등의 시간을 빼고도 1주일에 15시간은 철저하게 자기만을 위한 휴식시간으로 활용하는 것이다. 명상이나 음악 감상, 온욕 등과 같은 조용한 휴식을 취해 주면 좋다.

50대라면 이것들을 실천하는 것을 다른 무엇보다 중요시해야 한다. 머지않아 당신도 무릎이 시리고 어깨가 쑤시며 당뇨와 고혈압 때문에 약에 의존해야 하는 등 온갖 성인병의 주인공이 되고 싶지 않다면 운동, 휴식, 식생활 이 세 가지를 명심해야 한다.

여기에 한 가지 더한다면 정기적인 검진이다. 특히 40대부터는 질병이 많아지는데, 고혈압, 고지혈증, 암 등 많은 성인병이 특정한 증상 없이 나타나는 시기이다. 매년 가까운 종합병원이나 자신의 마음에 드는 주치의를 골라 상담을 하고 검사를 받는 것이 좋다.

고려대 의대 산부인과 김선행 교수는 한 언론사와의 인터뷰에서 이렇게 말했다.

"50대에 접어들 때부터 건강검진을 충실히 받고 적절한 근육운동과 함께 균형 있는 식사, 그리고 마음의 준비를 통해 '노화'를 자연스러운 현상으로 받아들이면 노년기를 맞이하면서도 여유로운 생활을 유지할 수 있다."

질병이 커지면 훨씬 더 많은 돈과 시간을 들여도 돌이킬 수 없기 때문에 사전에 예방하는 것이 중요하다.

주 3회 30분 이상 운동해라

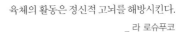
육체의 활동은 정신적 고뇌를 해방시킨다.
_ 라 로슈푸코

　웰빙 열풍에 맞물려 운동 한두 가지 안 하는 사람이 없을 정도로 요즘은 남녀노소를 가리지 않고 운동을 통한 다이어트나 체력관리를 하고 있다. 특히 허릿살이 늘어나고 체력이 떨어지기 시작하는 중장년층의 경우 예전에는 운동이 필요하다는 것을 알면서도 이런저런 이유로 실천에 옮기지 못했었다. 하지만 이제는 달라졌다. 먹고 사는 일 못지않게 운동에 많은 관심을 두고 있으며 꾸준히 실천하는 이들이 늘고 있다. '몸짱' 열풍이 확산된 이유도 있지만 무엇보다도 건강을 중시하는 현대인들의 심리가 반영되고 있는 것이다.

　특히 중년기에는 잦은 술자리와 불규칙한 식사가 원인이 되어 뱃살, 엉

덩이살이 나오기 마련이다. 고지혈증의 주범인 중성지방이 축적돼 배와 엉덩이 부위에 쌓이기 때문이다. 우리가 움직이는 데 필요한 에너지가 사용되지 않아 피하지방 형태로 몸속에 축적된 결과물이다. 따라서 적절한 운동을 해주면 호흡을 통해 들어온 산소에 의해 산화되어 없어진다. 중성지방을 날릴 수 있는 가장 효과적인 방법이 바로 운동이다.

중장년층은 운동을 시작하기 전에 '어떤 운동을 어떻게 즐길 것인가?' 를 고려해야 한다. 10대나 20대와는 달리 신체의 기능이 퇴화되는 시기이므로 운동량이나 운동별로 신체에 미치는 영향을 제대로 파악하고 선택하는 것이 좋다. 습관이 길러지면 횟수나 강도를 더해도 좋지만 처음 시작할 경우에는 적당히 조절하는 것이 필요하다.

스포츠 생리학적으로 볼 때 우리 신체가 육체적 활동과 같은 외부 자극에 영향을 받아 변화가 생기려면 약 48시간, 즉 이틀 정도의 시간이 필요하다고 알려져 있다. 따라서 1주일에 3회 이상은 운동을 해야만 운동을 통한 건강 효과를 얻을 수 있다. 또 운동 시간은 적어도 30분 정도가 지나면 그때부터 지방이 분해 · 소모된다. 이 때문에 전문가들은 투자 시간에 비해 가장 큰 효과를 거둘 수 있다는 '주 3회, 30분 이상 운동' 을 적극 권유하고 있다.

또한 운동의 종류가 다양한 만큼 어떤 운동을 해야만 자신의 몸과 운동의 강도가 맞는지를 알고 시작해야 한다. 운동의 강도를 결정하는 데 중요한 표준이 되는 것은 '최대 운동 능력을 100으로 했을 때 약 몇 퍼센트의 강도로 할 것인가?' 하는 것이다.

운동의 강도는 일반적으로 최대 심장박동수의 60~80퍼센트 정도를 유지하는 것이 좋은데 초보자나 중장년층은 60퍼센트 정도가 정당하다고 본다. 최대 심장박동수는 220에서 나이를 빼면 된다. 여기에 0.6~0.8을 곱하면 운동할 때의 목표 심장박동수가 나온다. 이를 테면 나이가 50세인 경우 220에서 50을 빼면 170이 되며 여기에 0.6을 곱하면 102라는 목표 심장박동수가 나온다. 심장박동수는 10초간 맥박이 뛴 횟수를 센 다음 여기에 6을 곱하면 된다. 약간 숨이 차고 땀이 촉촉하게 나는 정도의 운동을 했다면 대체로 목표 심장박동수에 도달한 것이다.

요즘은 기구나 파트너 없이 가장 안전하고 쉽게 즐길 수 있는 운동 중 하나로 걷기운동이 인기를 끌고 있다. 30분 정도 평탄한 길을 보통 걸음으로 쉬지 않고 걸을 경우 등이 땀으로 촉촉하게 젖는 것을 느끼게 된다. 걷기운동은 체중조절은 물론 질병 예방과 치료에 효과가 있는 최고의 운동으로 자리 잡고 있다. 걷기운동 마니아들 중에는 맨발로 걷는 경우가 많다. 맨발로 걸을 경우 스트레스와 우울증, 당뇨병, 비만, 위장장애 등 각종 질병의 예방과 치료에 더욱 효과가 크기 때문이다.

운동의 효과는 1주일 또는 한 달 만에 나타나지 않는다. 건강을 지키기 위해서는 꾸준히 하는 것이 중요한데 문제는 혼자서 장기간 운동을 하는 일이 생각보다 쉽지 않다는 것이다. 이런 문제를 해결하려면 배우자와 함께하는 것이 좋다. 누구보다 가까운 사람이 바로 배우자이며 서로의 건강을 가장 걱정해 줄 사람이기 때문이다. 운동을 하면서 건강도 키우고 부부 금슬도 키운다면 일석이조가 아닐까?

4, 50대를 위한 걷기 운동

중년에 건강관리를 어떻게 했느냐에 따라 노년의 삶이 결정된다. 4, 50대는 노년의 건강을 좌우하는 중요한 연령대이므로 평상시에도 열심히 운동해야 한다. 누구나 부담없이 할 수 있는 최고의 운동은 걷기다. 올바른 걷기 자세와 동작을 익혀 1주일에 3회, 30분 이상 꾸준히 걷기만 해도 건강해진다.

걷기는 심장을 튼튼하게 하고 혈압을 조절하며 스트레스를 이길 수 있는 저항력을 키워 중년 이후에 발생할 수 있는 갖가지 질환들을 미리 예방해 준다. 평소 건강을 자신하던 사람도 중년을 보내면서 온갖 잔병과 만성 질환이 생길 수 있으므로 걷기 운동으로 사전에 건강을 챙기자. 1주일에 3회 이상 걸으면 면역력이 높아지고 체력도 강화된다.

1. 걷기 운동 프로그램

● 1단계

1~2주는 적응 기간이므로 준비 운동을 철저히 한 후 운동한다. 남자는 30분 동안 2.3킬로미터, 여자는 2.1킬로미터를 걷는다. 속도는 남녀 모두 보통 걸음 수준으로 하거나 그보다 조금 빠르게 한다. 3~4주에는 강도를 조금 높여 땀이 흐르고 약간 속도감이 느껴지는 정도로 걷는다. 35분 동안 남자는 분당 80미터, 여자는 75미터의 속도로 각각 2.8킬로미터와 2.4킬로미터를 걷는다.

● 2단계

걷기에 조금 익숙해지는 단계에 들어섰다. 40분 동안 남자는 분당 90미터, 여자는 분당 85미터의 속도로 각각 3.6킬로미터와 3.4킬로미터를 걷는다. 최대 심장박동수를 비롯한 몸의 피로 상태를 감안하여 속도와 거리를 조정해도 좋다. 7~8주는 앞 단계와 같은 정도의 운동 강도로 걷는다.

● 3단계
2단계에서의 거리와 속도를 유지하면서 1주일에 3회 이상 꾸준히 걷는다. 이 단계에 이르면 이때부터는 자신의 운동스타일이 형성되므로 이를 꾸준히 유지해가는 것이 좋다.

2. 속도에 따른 걷기의 종류
다음의 걷기 종류와 각각의 속도감을 잘 익혀 프로그램이 제시한 운동량을 지킬 때 참고하도록 한다.

● 천천히 걷기(완보)
걷기의 처음 단계로 주로 바른 자세로 걷기 위한 준비 운동이나 재활치료를 목적으로 많이 이용되고 있다. 운동 강도는 최대 심장박동수의 30~40퍼센트로 보폭을 좁게 하여 걷는다. 시간당 약 120칼로리가 소비되며, 속도는 분당 50~60미터다.

● 산책 걷기(산보)
일상생활에서 사람들이 걷는 정도의 속도다. 운동 강도는 최대 심장박동수의 40~60퍼센트로, 시간당 약 180칼로리가 소비된다. 속도는 분당 60~70미터다.

● 빠르게 걷기(속보)
산책 걷기와 걷는 방법은 같지만 앞뒤로 팔을 활기차고 빠르게 움직인다. 산책 걷기에 비해 운동 효과가 월등히 높으며, 심장 박동이 빨라지면서 심장이나 폐 기능이 좋아진다. 뼈와 다리 근육 강화에도 좋다. 운동 강도는 최대 심장박동수의 50~70퍼센트로, 시간당 약 210칼로리가 소비된다. 속도는 분당 80~90미터다.

● 급하게 걷기(급보)
땅에 발을 디디는 각도는 직선상에서 거의 일직선에 가깝고 발뒤꿈치 바깥 쪽 부분부터 착지하여 엄지발가락 쪽으로 중심을 이동하면서 힘차게 앞으로 나아가는 것이다. 이때 팔은 90도로 굽히고 발의 리듬에 맞추어 앞뒤로 흔든 다. 유산소 운동 능력을 극대화할 수 있어 성인병 예방 및 치료에 큰 효과를 볼 수 있다. 운동 강도는 최대 심장박동수의 60퍼센트 이상으로, 시간당 약 270칼로리가 소비된다. 속도는 분당 120~130미터다.

자료출처 : 한국걷기과학학회

육신을 다독여주는
명상을 즐겨라

육체는 우리의 정원이며, 의지는 이 정원의 정원사이다.
_ 윌리엄 셰익스피어

정확히 어떤 것이 이유라고 꼬집어 말할 수 없지만 뭔가 답답하고 짜증이 난다면 이는 바로 스트레스 때문이다. 들리는 것도 많고, 보이는 것도 많고, 부딪히는 일도 많은 것이 현대 사회의 일상이다 보니 특별한 문제가 발생하지 않더라도 자신도 모르게 스트레스가 쌓이게 된다. 물론 정도가 심해지면 만병의 근원이 된다.

몸과 마음을 지치게 하는 스트레스를 보다 효율적으로 해소할 방법이 없을까? 여기 세계적으로 주목받고 있는 대안이 있다. 바로 명상이다.

뉴욕에 있는 이스라엘 병원 연구팀에 따르면 스트레스 해소를 위한 최상의 방법은 명상이라고 한다. 1시간의 수면보다 15분간의 명상이 스트레스 해소에 훨씬 더 효과적이며, 시간이 여의치 않다면 하루 일과를 시작하기 전 2분 정도만 명상을 해도 큰 도움이 된다고 한다.

명상은 2006년 미국의 경제 전문 격주간지인 『포브스Forbes』에서 노년기에 접어들기 시작한 베이비붐 세대를 위해 꼽은 장수 비결 15가지 중 하나이기도 하다.

명상이란 말 그대로 마음을 자연스럽게 안으로 몰입시켜 내면의 자아를 확립하거나 정신을 집중하는 것을 일컫는 말이다. 모든 생각과 의식의 기초, 그리고 마음의 평온은 내면의식에서 비롯된다. 따라서 우리는 명상을 통하여 순수한 내면의식으로 자연스럽게 몰입하고 이를 통해 마음과 정신 세계를 맑고 가볍게 할 수 있다.

이러한 수행법은 기독교와 같은 서양 종교보다는 힌두교나 불교, 도교 등의 동양 종교에서 주로 사용되었다. 특히 힌두교에는 다양한 명상법이 있으며, 요가의 한 분야로서 라자 요가, 또는 쿤달리니 요가 등이 있다. 오늘날에는 명상을 말할 때 반드시 종교와 연관을 짓지는 않는다. 불교나 힌두교 등에서는 종교의식으로서 명상이 자리 잡고 있지만 보통사람들의 명상은 종교의 그것과는 다르다.

명상은 긴장과 잡념에 시달리는 자신의 의식을 현실세계로부터 떼어 놓음으로써 밖으로 향하던 마음을 자신의 내적인 세계로 향하게 하는 수단이다. 항상 외부에 집착하고 있는 의식을 안으로 돌림으로써 마음을 정화시켜 심리적인 안정을 이루게 하고 육체적으로도 휴식을 주어 몸의 건강을 돌보게 하며 치료 수단으로 이용되기도 한다.

이외에도 명상은 정신적으로는 지능, 창조성, 기억력, 윤리적 판단력, 자아 실현 욕구, 뇌의 질서성 등을 증가시키는 효과가 있다고 한다. 또한 육체적으로는 스트레스가 감소되어 질병 예방과 생명 연장으로 이어진다고 한다.

실제로 명상을 규칙적으로 하면 일상생활과 자신의 직업 세계에서 자신감을 회복하게 되며, 스트레스나 불안감이 감소하여 인간관계가 개선되고 참을성이 많아져 업무 수행도 수월하게 할 수 있다.

이는 다시 말해 명상을 통해 삶의 활력을 얻고 그로 인해 생활의 만족을 찾을 수 있다는 것이다.

스트레스도
즐겁게 관리해라

화가 나면 열을 세어라.
남을 죽이고 싶으면 백을 세어라.
_ 토머스 제퍼슨

　직장인이나 개인사업자나 스트레스를 적절히 해소시켜 주어야만 일상
에서의 효율성이 높아진다. 쌓여 있는 스트레스를 풀지 못하면 평소 두 시
간이면 해결할 수 있는 일도 네다섯 시간이 걸리며 일을 끝내도 깔끔히 마
무리되었다는 느낌이 들지 않는다.

　노년기에 가까워질수록 스트레스는 심하게 나타난다. 이른바 '상실의
시기'로 불리는 50대 이후가 그렇다. 은퇴를 하게 되고, 몸도 쇠약해져 병
이 생기거나 배우자나 친구들이 사망하거나 자녀들이 독립해 나가는 등 여
러 가지 '상실'이 스트레스로 작용하는 것이다.

　스트레스는 감정 조절에 가장 직접적인 영향을 미친다. 스트레스가 쌓여 있는 사람은 자극을 받으면 불안해 하거나 심하게 화를 내게 되므로 수명도 그만큼 짧아진다. 실례로 2002년 존스홉킨스 대학의 연구 결과에 따르면 스트레스에 가장 극단적으로 반응하는 성인 남성 군은 그렇지 않은 동년배들에 비해 심장질환에 걸릴 확률이 3배나 높았다.

스트레스는 자율신경계 중 특히 교감신경을 활성화시키기 때문에 맥박을 빠르게 하고 혈압을 높인다. 스트레스가 지나치게 많이 쌓일 경우 심하면 돌연사를 당할 수도 있다. 평소에 특별한 증상이 없이 생활하던 사람이 갑자기 사망하는 돌연사는 어느 순간 예고 없이 찾아온다. 주요 원인은 심장질병으로, 그중 관상동맥질병으로 인한 경우가 많다. 이 같은 증세는 보통 45~75세 사이의 남성에게 많이 나타난다고 한다.

2006년 4월 인터넷 취업포털 잡링크(www.joblink.co.kr)가 직장인 남녀회원 2,083명을 대상으로 실시한 설문조사에 따르면 전체 응답자 중 81.7퍼센트(1,702명)가 '직장에서 받는 스트레스로 인해 질병을 앓아본 적이 있다'고 응답했다고 한다.

스트레스 원인으로는 '업무부담과 야근'이 31.4퍼센트(654명), '기대에 못 미치는 연봉수준' 12.3퍼센트(257명) 등으로 나타났다. 이로 인한 질병으로는 '불안·우울·불면증'이 23.6퍼센트(402명), '신경성 소화기 장애' 21.5퍼센트(365명), '긴장성 두통·기억력 감퇴' 19퍼센트(324명) 순으로 응답했다.

또 이와 같은 스트레스를 해소하는 방법으로는 폭음, 폭식이 가장 많은 것으로 조사됐다. 하지만 폭음과 폭식은 건강을 해치기만 할 뿐 아무런 도움이 되지 않는다. 스트레스는 무엇보다도 푸는 법이 중요하다. 술, 담배, 폭력으로 풀면 건강을 해치게 되고 악순환으로 스트레스가 다시 돌아온다. 사람이 다르듯 푸는 방법 또한 사람마다 다르지만 전문가들이 공통으로 권

하는 것은 "취미생활 하나는 가져라."는 말이다. 운동, 여행, 낚시, 등산 등 사람마다 스트레스 해소 방법은 다 다를 것이다. 중요한 것은 어떤 방법이든 그것이 자신의 건강을 해치거나 스트레스를 더욱 악화시키는 것이어서는 안 된다는 것이다. 이를 테면 무리한 운동이나 장시간의 게임, 도박 등은 절대적으로 피해야 한다.

스트레스를 잘 극복하는 사람들은 문제해결에 낙천적이고, 실패에도 불구하고 사기가 높다. 그들은 먼저 여러 가지 문제 중 큰 문제를 해결하고 나머지는 가능한 한 작은 문제로 나누어 순차적으로 해결해 나간다. 또 주변 사람들의 제안에 개방적이고 융통성이 있으며 극단적인 감정을 피하려고 노력하며 침착하게 행동한다.

하지만 스트레스에 정복당하는 사람들은 자기 자신에 대한 기대가 너무 높으며 융통성이 없고, 타협을 하거나 남에게 도움을 구하는 것을 꺼린다. 어떤 상황이든 자신의 생각이 절대적이어서 굽히지 않으며 지나치게 부정적인 성향이 강하다.

삼성서울병원 정신과 유범희 교수는 한 잡지와의 인터뷰를 통해 "스트레스는 마치 홍역과도 같아서 잘 이겨내면 예방백신처럼 오히려 약이 될 수도 있지만 본인의 마음가짐에 따라서는 치명적일 수도 있다."고 말했다.

현대 사회는 스트레스를 받지 않고서는 살아갈 수가 없다. 그러므로 스스로 관리하려는 노력이 필요하다. 무엇보다 중요한 것은 자신이 갖고 있는 스트레스를 인정하고 그것을 극복하려는 노력이 필요하며, 매사에 스트레스를 받지 않도록 긍정적인 사고를 갖는 일이다. 꾸준한 운동을 통해 심신을 단련시키는 것도 좋고 1주일에 한두 번은 스트레스가 쌓이지 않도록 자신만의 해소법을 이용하여 그때그때 풀어주는 것이 좋다.

스트레스 관리

1. 운동을 해라

운동 중에도 조깅이나 빠르게 걷기는 스트레스를 푸는 데 매우 효과적이다. 리듬을 타면서 걷다 보면 자신을 괴롭히던 생각에서 벗어날 수 있고 긍정적으로 생각하게 된다.

2. 친구와 수다를 떨어라

수다를 떠는 것만큼 스트레스가 잘 풀리는 것도 없다. 상대에게 자신이 갖고 있는 문제를 털어놓거나 이야기를 나누면서 자기 주변에 누군가가 있다는 사실을 확인하는 것만으로도 상당한 진정효과를 얻을 수 있다.

3. 냉온욕을 해라

목욕탕에서 냉탕과 온탕을 번갈아가면서 몸을 담그면 피로회복, 피부 노화 방지, 스트레스 해소 등 다양한 효과를 동시에 볼 수 있다. 또 39℃ 정도의 따뜻한 물에 20여 분간 발을 담그는 족욕도 매우 효과적이다.

4. 추리소설이나 무협지를 읽어라

흥미진진하고 스릴 넘치는 추리소설이나 무협지를 읽고 나면 가슴속이 시원해진다. 복잡한 사건을 풀어나가는 주인공에 집중하거나 상대를 시원스럽게 물리치는 무협소설의 장면을 읽으면서 일종의 카타르시스를 느낄 수 있기 때문이다.

비만, 과음, 흡연
3惡을 멀리 하라

절제와 노동은 인간에게 가장 진실한 두 의사다.
_ 장 자크 루소

"다른 이들보다 건강하게 오래 살고 싶다면 음식을 적게 먹고 술을 많이 마시지 마라."

이 말에 이의를 제기할 수 있는 사람은 아무도 없다. 이미 잘 알려진 사실이기 때문이다. 실례로 세계적인 장수촌으로 알려진 일본 오키나와와 러시아 코카서스 지방 사람들의 공통점은 소식小食을 한다는 것이다. 그곳 사람들의 1일 평균 음식물 섭취량은 1,700칼로리로 성인권장량 3분의 2 정도의 수준이다. 미국 하버드 의대의 하임 코엔 박사는 과학 전문지인 『사이언스Science』에 발표한 논문에서 성인권장량보다 30퍼센트를 적게 먹으면 생명이 30~40퍼센트 연장된다고 주장했다.

2006년 상반기 건강보험공단 조사결과에 따르면 비만 관련 진료는 지난 2년 사이 50대는 14배, 60대는 10배 이상 증가했다고 한다. 중장년층 비만의 특징은 팔, 다리는 가늘고 배만 나오는 전형적인 복부비만이다. 일반적으로 성인 남자는 허리둘레가 35인치 이상, 여자의 경우 32인치를 넘으면 비만으로 분류된다. 중장년층에서 비만이 많이 발생하는 이유는 몸의 신진대사가 약해지면서 에너지 소비율이 급격히 떨어지기 때문이다.

특히 남성들의 경우 운동량은 적고 비만의 주원인인 음주 횟수가 많은 것이 가장 큰 원인이다. 또 전문직이나 사무직의 경우 앉아서 일하는 시간이 많아 비만을 불러오는 사례가 흔하다.

그러나 여성은 조금 다르다. 여성은 폐경기를 거치면서 호르몬 분비가 줄어들고 갱년기장애가 나타나면서 컨디션이 흐트러진다. 기초대사량도 함께 떨어지므로 갱년기 전까지는 말랐던 사람도 살이 찌기 시작하는 경우가 많다. 골다공증이나 고지혈증도 늘어나면서 그때까지 숨겨져 있던 질환과 함께 비만이 발생한다.

서울백병원 비만센터 강재헌 교수는 한 언론매체와의 인터뷰에서 "40대 이후 비만은 평균수명을 7년 낮추며, 특히 50대가 넘으면 당뇨병, 고지혈증, 간기능장애(지방간), 신부전증, 뇌혈관장애, 협심증, 심근경색, 심장마비, 동맥경화증, 고혈압, 만성관절통, 퇴행성관절염 등을 유발하는 직접적인 원인이 된다. 이들 모두 전문적인 치료가 필요하다."고 강조했다.

비만을 예방·치료하기 위해서는 1주일에 5회, 하루 30분 정도는 운동을 해야 한다. 가장 좋은 운동은 무릎 등 신체 기관에 무리를 적게 주면서도 체지방 연소 효과가 확실한 '천천히 자주 걷기' 운동이다. 이 운동은 골다공증을 예방하는 부수 효과도 기대할 수 있다.

또 운동 못지않게 필요한 것은 식이요법이다. 식이요법을 통해 지금 체중의 5~10퍼센트 감량을 목표로 하는 것이 적당하다. 식사는 고칼로리·고지방 식품을 제한하고 고단백·고섬유질로 바꿔야 한다. 단, 급격한 체중 감소는 오히려 노화를 부채질하므로 1주일에 0.5킬로그램 정도 감량하는 것이 바람직하다.

비만만큼이나 중장년 건강에 치명적인 것은 지나친 음주다.

한국음주문화연구센터가 발표한 '한국인 음주실태' 보고서에 따르면 한국의 과음자(최근 한 달간 다섯 잔 이상 술을 마신 날이 5일 이상인 사람) 비율은 31.3퍼센트로 미국의 4배에 달한다고 한다. 음주로 인한 사망, 질병 등 음주에 따른 사회경제적 비용은 연 14조 5,000억 원에 달하며 이 중에서도 특히 교통사고는 심각한 양상을 띠고 있다. 전체 교통사고 가운데 음주로 인한 교통사고는 1990년 2.9퍼센트에서 2003년에는 13퍼센트로 늘었으며, 이로 인한 사망자는 3.1퍼센트에서 15.4퍼센트로 5배나 증가했다.

술은 잘 마시면 약이 되고 잘못 마시면 독이 된다. 예로부터 술은 음식의 하나로 우리 문화에 깊숙이 뿌리 내려 있다. 즐겁고 기쁜 날, 슬프고 우울한 날 적당히 마시면 우리의 신체 리듬과 정신건강에 도움이 된다. 특히 적절히 음주를 즐기면 술을 마시지 않는 사람보다 관상동맥질환 위험이 낮다는 연구결과도 있으며, 혈액순환에도 도움이 되는 것이 사실이다. 게다가 음주는 우리 사회에서 인간관계를 연결시키는 아주 중요한 고리 역할을 하기도 한다. 이렇듯 술을 적당히 알아서 즐겨야 하는데 많은 사람들이 자기 자신의 음주량을 조절하지 못하는 것이 문제가 된다.

평소 자신의 음주량을 체크해 보자. 일반적으로 인체에 긍정적으로 작용하는 알코올 양은 하루 30~50그램 정도라고 전문가들은 설명한다. 이는 맥주, 소주, 양주 등 주종에 따른 잔으로 석 잔의 양이다. 이를 넘기면 술은 이미 약으로서의 기능을 상실한다. 하지만 양을 지키더라도 매일 반복되는 음주는 간을 피곤하게 해 몸에 무리를 준다. 술을 마셨다면 최소 3일 정도는 쉬어야 한다.

더구나 이는 평범한 사람의 간이 해독할 수 있는 정도를 나타낸 것이지 누구나 이렇게 마셔도 안전하다는 의미는 아니다. 이러한 이유로 자신의 음주량을 제대로 알아 스스로 절제하는 것이 필요하다.

술을 마실 때 이것만은 피해라

1. 빈속에 술을 마시지 마라

공복에 술을 마시면 주량보다 많이 마시게 될 뿐만 아니라 위장을 통해 흡수되는 속도도 빠르다.

2. 술을 마실 때 담배를 피우지 마라

담배를 피우면 간에 산소 결핍을 초래하며, 알코올과 니코틴은 서로 체내 흡수를 돕는다.

3. 해장술은 절대 마시지 마라

간과 위장이 지친 상태에서 마시는 술이므로 뇌의 중추신경을 마비시켜 숙취의 고통을 느낄 수 없게 만들 뿐 해장이 되는 것이 아니다.

4. 음주 전에는 제산제 계통의 위장약을 먹지 마라

위 점막은 보호하지만 위벽의 알코올 분해효소 활동을 막아 혈중 알코올 농도가 더 높아진다. 또한 간은 술과 약 두 가지를 분해해야 하기 때문에 더욱 과도한 부담을 안게 된다.

비만 치료를 위한 식이요법

1. 가족과 함께 충분한 시간을 두고 식사를 해라

식사량은 모자란 듯한 정도가 적당하며 식사시간을 규칙적으로 하고 천천히
먹어야 한다.

2. 야채가 많은 반찬을 먹어라

야채를 여러 가지 방식으로 상에 올리되 조리는 짜거나 달지 않게 한다.

3. 칼슘 보충에 신경 써라

다이어트를 하는 동안 골다공증을 막기 위해 우유·멸치 등의 칼슘 보충이
중요하다. 치아가 나쁜 사람들의 경우 탈지분유를 섭취하는 것도 좋다.

4. 기름진 음식은 피해라

식물성 단백질 섭취를 위해 콩·두부를 즐겨 먹으면 좋다. 된장을 자주 섭취
하는 것도 좋은 방법이다.

5. 운동 전에는 식사 대신 간식을 먹어라

운동에 필요한 에너지를 공급받아야 운동 효율을 높일 수 있으며 운동이 끝
나도 허기가 지지 않는다.

50대의 건강 적신호인
암을 예방하라

병의 원인을 찾아 치료하는 것보다
병에 걸리지 않도록 사전에 예방하는 것이 좋다.
_ 스티븐 코비

중장년층이 수술을 한다거나 유명을 달리했다는 소식을 접하면 누구든 제일 먼저 암이냐고 묻는다. 그리고 실제로 암인 경우가 열에 일고여덟은 된다. 암은 아직도 정복되지 않은 병으로 사람들 입에 감기만큼이나 자주 오르내린다. 그러니 암에 관한 한 말도 많다. 원인, 증상, 치료법 등에서 사람들마다 갖고 있는 정보를 합하면 일일이 열거할 수 없을 정도다. 하지만 암의 직접적인 원인은 현재까지 정확히 밝혀진 것이 없다. 스트레스, 흡연, 음주, 좋지 않은 식습관, 생활습관 등에 따른 가설이 있긴 하지만 이 또한 개인차가 크며 직접적 원인으로 밝혀진 바는 없다. 단 인종과 지역적 차이에 따라 발생되는 부위가 다른 경향만큼은 뚜렷하다. 대개 서양은 폐암·

대장암 · 유방암 등이 잘 발생하며, 한국을 비롯한 동남아시아 지역에서는 위암 · 간암 · 자궁경부암 등이 잘 발생한다. 우리나라에서는 최근 들어 폐암, 대장암이 늘어나는 추세다.

통계청이 발표한 '2011년 사망원인 통계 결과'에 의하면 지난해 사망자 수는 25만 7,396명으로 이 중 26퍼센트(71,579명)가 암으로 사망했다고 한다. 뇌혈관 질환(25,404명), 심장질환(24,944명) 등과 합치면 전체 사망자의 절반에 가까운 47.4퍼센트를 차지한다. 또 암은 우리나라의 사망원인 통계 조사가 시작된 83년 이후 28년째 1위를 차지하고 있다. 따라서 '암'이 모든 이들에게 두려운 존재로 인식되는 것도 당연한 일이다.

하지만 암이 우리에게 더욱더 두려운 존재로 남아 있는 이유는 증세가 없다는 것이다. 대부분의 암이 초기에는 별로 특별한 증세를 보이지 않는다. 어느 정도 진행된 후 그때서야 증세를 보이기 시작하므로 조기발견이 어렵다. 다만 대략적인 위험신호는 있다. 일반 성인의 경우 쉽게 피로가 오고 안색이 나빠지는 경우다. 이는 대부분 암의 공통증세로 나타난다고 한다. 이 외에는 암의 종류에 따라 한두 가지 특징적인 현상이 나타나는 정도다.

때문에 암이라는 사실을 알았을 때는 이미 치료시기를 놓친 경우가 많다. 살아가면서 몸에 작은 통증이나 이상증세 정도는 수시로 맞이하게 되므로 그것이 암의 시작이라는 것을 알고 진찰을 받는 이들은 극히 드물다. 따라서 암에 걸리지 않으려면 일단 건강한 생활을 위한 노력이 필수이며 조금이라도 평소와 다른 증상이 있을 경우 의사를 찾아보는 것이 좋다. 이상이 없을 때라도 연 1회 정도 정기적으로 검진을 받는 것이 생활화되어야 한다.

암 예방 위해 지켜야 할 습관 10가지

1. 금연하고 남이 피는 담배 연기도 피하기
담배에는 수천 종의 발암물질이 들어 있다.

2. 채소와 과일을 많이 먹고 균형 잡힌 식사하기
만성 질환 예방에 도움이 된다.

3. 짜거나 탄 음식 먹지 않기
위장암과 유전자 변형을 일으킨다.

4. 술은 하루 한두 잔 이내로 마시기
과도한 음주는 후두암, 식도암, 간암, 유방암 등을 일으킨다.

5. 한 번에 30분 이상, 주 5일 이상 운동하기
규칙적인 운동은 만성질환 예방에 도움이 된다.

6. 자신의 건강 체격에 맞는 체중 유지하기
비만은 만성질환의 발생 요인이 된다.

7. 예방접종 지침에 따라 B형간염 예방접종 받기
간암 환자의 74.2퍼센트가 B형간염 양성이다.

8. 성병에 걸리지 않도록 안전한 성생활 하기
자궁경부암, 구강암, 피부암 등을 유발한다.

9. 발암성 물질의 노출을 줄이고 작업장에서 안전보건수칙 지키기

피부암, 폐암 등을 유발한다.

10. 암 조기검진 지침에 따라 빠짐없이 암 검진 받기

사망률을 32퍼센트 감소시킨다.

자료출처 : 국가암정보센터

암 종류별 대표적인 초기 증세

위암

명치 언저리가 쓰린 경우가 잦아지고, 이유 없는 식욕감퇴 및 소화불량이 나타난다. 설사나 변비가 생기기도 하는데 변 색깔이 검을 때가 있다.

식도암

음식물을 삼키기가 어려워지는 경우가 계속된다. 점차 심해지면 음식물을 토하게 되고 이때 피가 섞여 나올 수도 있다.

대장암

배변습관이 변하여 설사와 변비가 교차하거나 잔변감을 느끼기도 한다. 복부 팽만감이 있고 심하면 복통이 동반되며 점액과 혈액이 섞인 변을 볼 수도 있다.

후두암

목이 자주 쉬고 변성이 되기도 한다. 삼키기가 곤란하거나 통증을 느끼기도 하지만 부위에 따라 이런 증상이 없이 호흡곤란이 증상으로 나타날 수도 있다.

신장암 · 방광암 · 전립선암

소변 보기가 힘들어지는 경우가 잦아지고 소변에 피가 섞여 나온다.

유방암

유방에 무통성인 응어리가 만져지거나 유두출혈이 나타난다. 겨드랑이의 임파선이 커진 것을 확인할 수 있다.

환절기나 초겨울 뇌졸중과 돌연사를 조심하라

치료는 세월이 해결할 문제이지만
때로는 기회가 해결할 문제이기도 한다.
_ 히포크라테스

낙엽이 지고 찬바람이 불어오는 초겨울은 인생의 늦가을에 서 있는 중장년층에게 위기의 계절이다. 나이가 들면서 가뜩이나 마음이 허전해지는데 어느 날 갑자기 받게 되는 비보는 허무함과 긴장감을 동시에 던져준다. '밤새 안녕'이라는 말처럼 며칠 전까지만 해도 함께 저녁을 먹었던 친구가 돌연사했다거나, 건강하게만 보이던 친척이 뇌졸중으로 쓰러졌다는 연락을 이 계절에 받게 되는 경우가 많다.

돌연사는 날씨가 갑자기 추워지는 시기에 발생한다. 식은땀을 흘릴 정도로 명치에 심한 통증을 호소하다가 증상이 나타난 지 1시간 이내에 사망하는 경우다. 한마디로 허무하다는 말밖에는 나오질 않는다. 돌연사의 대부분은 심장과 혈관 질환 때문에 발생하는데 이 중 3분의 2 이상은 관상동맥질환이 원인이다.

관상동맥질환이란 심장 조직에 산소가 부족해 생기는 심장기능 장애로 이른바 '심근허혈'이라고 부르기도 한다. 준비운동 없이 심한 운동을 하거나 교감신경이 흥분될 때, 그리고 혈압이 오를 때 발생한다. 특히 몸의 근육들이 부드럽게 이완되기 전인 아침시간에 주로 발생한다.

뇌졸중 역시 날씨가 차가운 겨울철 아침에 주로 발생한다. 늦여름에서 가을로 접어드는 환절기에도 발생하는데 기온이 낮은 오전에, 특히 날씨가 쌀쌀해지고 일교차가 심한 날에 많이 생긴다. 뇌졸중은 흔히 '중풍'이라고도 하는데 뇌혈관에 순환장애가 일어나 갑자기 신체의 일부나 반신에 마비가 오고, 때로는 의식장애를 동반하기도 한다. 유형에 따라 뇌출혈, 뇌혈전증, 뇌색전증, 고혈압성 뇌증, 일과성뇌허혈발작증 등으로 나눈다. 이 중 뇌출혈은 매우 치명적이어서 전신이 마비된 후 사망하기도 하는데 혈압이 높은 고령자에게서 주로 발병한다. 뇌혈전증 역시 위험하여 마비가 서서히 나타나다 혼수상태에 빠지기도 한다. 이 같은 유형의 뇌졸중은 주로 40~60세 연령층에서 뇌혈관벽에 혈전이 생성되었거나 혈액의 점도가 높은 이들에게서 발생한다. 유발 원인은 동물성 지방, 담배, 비만, 운동 부족, 스트레스, 피임약, 당뇨병, 심장병 등이다.

예측을 불허하는 이 두 가지 급성 성인병과 관련해 전문의들은 기온이 낮은 아침에 갑작스럽게 운동을 하는 것은 피해야 한다고 강조한다. 특히 돌연사를 예방하기 위해서는 담배를 끊는 것이 무엇보다 중요하다고 한다. 니코틴 성분에 의해 교감신경이 자극을 받게 되어 심혈관계에 이상이 생기면 심장과 뇌에 산소공급이 원활하지 못하게 되기 때문이다. 또 고혈압, 당뇨병, 고지혈증이 있는 사람에게 주로 발생하므로 40대 이상이라면 평소 자신의 건강 상태를 체크해 정확히 알고 있어야 한다.

사람의 운명은 그 누구도 장담할 수가 없다. 현재 건강하다고 해서 돌연사나 뇌졸중이 내 일이 아니라고 말할 수 있는 사람은 없다. 중장년층이라면 너나 할 것이 없이 이 같은 기본지식을 갖고 사전에 예방을 위한 노력을 기울이는 것이 현명한 일이다.

뇌졸중과 돌연사 예방을 위해 지켜야 할 것들

1. 추운 계절인 11월에서 3월에 많이 발생하므로 이 시기에는 몸에 기온차가 갑자기 생기지 않도록 유의하고, 이른 아침 운동을 피한다.

2. 담배를 끊고 금주나 절주를 한다.

3. 고혈압 환자는 혈압을 철저히 관리한다.

4. 육류 등 서구식 식생활보다 채식, 생선 위주의 식생활을 한다.

5. 비만이면 체중을 줄인다.

6. 규칙적인 유산소운동을 한다.

7. 열탕이나 한증막에서 장시간 땀을 빼는 것을 삼간다.

8. 스트레스를 줄이고 규칙적인 생활을 한다.

숙면의 잠은 보약이다

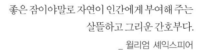

좋은 잠이야말로 자연이 인간에게 부여해 주는
살뜰하고 그리운 간호부다.
_ 윌리엄 셰익스피어

'잠이 보약이다' 라는 말이 있다. 그만큼 충분한 수면은 건강 유지에 큰 도움이 된다는 의미이다. 한창때는 잠을 많이 자도 늘 밀려오는 졸음과 전쟁을 치르곤 하지만 나이가 들어서는 반대로 잠을 제대로 잘 수 없어서 괴로워하곤 한다. 중장년층에서 쉽게 볼 수 있는 불면증과 수면장애 증상이다.

우리나라 중장년층 10명 중 1명은 다리가 저려 밤에 잠을 못 이루는 '하지불안증후군' 을 경험한 것으로 나타났다. 한 대학병원 수면장애센터에서 40~69세 9,939명의 남녀를 대상으로 조사한 결과, 12.1퍼센트가 하지불안증후군을 경험했으며, 특히 여성의 하지불안증후군이 15.4퍼센트로 남성의 8.5퍼센트보다 2배가량 높았다.

하지불안증후군이란 저녁이나 수면 전 주로 다리에 발생하는 감각운동 장애이다. 벌레가 기어가는 느낌이나 잡아당기거나 죄는 느낌, 찌르는 듯한 통증 등 다양한 감각 이상이 대표적인 증상이다. 연령이 증가할수록 높게 나타나며, 약 30퍼센트는 유전적인 영향을 받는 것으로 보이지만 나머지 70퍼센트는 발병 원인이 정확하지 않다. 철결핍성빈혈 때문에 일어날 수 있고 비타민이나 미네랄 결핍, 항우울제나 신경안정제 등의 금단증상이기도 하며, 신장병, 신경장애 등 다른 질병의 영향일 수도 있다. 여성의 경우 비만과 피로가 이 증상을 악화시키며, 남성의 경우에는 여기에 흡연이 추가된다.

하지불안증후군이 아니더라도 수면을 취하고 싶은데 야속할 만큼 잠이 오지 않아 충분히 잠을 자지 못하거나 수시로 잠에서 깨어 잠을 자는 둥 마는 둥 하는 중장년들도 적지 않다. 자녀 문제, 직장 문제, 노후 문제 등으로 생각할 것이 많아 머릿속이 복잡한 데다 신체적 기능도 급격히 떨어지는 시기이기 때문이다.

수면은 인체에 가장 기본적인 휴식 시간을 제공한다. 수면 시간은 우리가 활동을 하느라 사용한 에너지를 보충하는 시간인 것이다. 또한 수면이 중요한 것은 바로 뇌와의 연관성 때문이다. 뇌는 우리 몸의 생명 유지를 위한 모든 생물학적 기능을 총괄하는 곳이다. 뇌가 제대로 활동하기 위해서는 휴식이 필요한데, 이 휴식이 대부분 수면 중에 이루어진다.

성인에게 필요한 1일 수면 시간은 보통 7~8시간 정도인데 사람에 따라서는 하루 4~5시간만 자도 충분한 사람들도 있다. 알찬 수면이 되려면 잠자리에 누워 5~10분 내에 잠들 수 있어야 하며 자주 깨지 않아야 한다. 따라서 수면을 잘 취한 사람은 아침에 눈을 떠서 5분 후쯤이면 상쾌한 기분이 든다. 반대로 8시간 이상을 잤는데도 잠에서 깨어난 후 두통이나 근육통을 느끼고, 낮 시간에도 졸리거나 집중력이 떨어지는 사람들도 있다. 심한 경우에는 기억력장애 등도 일어난다. 이는 몇 시간을 자느냐보다는 수면의 질이 중요하다는 것을 말해 주는 것이다.

수면이 부족하거나 수면장애를 느끼는 사람들의 고통은 두통, 근육통은 물론이고 피로가 쌓여 눈이 충혈되며 피부가 나빠지고 체중이 비정상적으로 내려가는 등 다양하게 나타난다. 이러한 상황이 반복되고 장기화되면 정상적인 활동을 할 수 없는 지경에 이르게 된다.

4, 50대에 이 같은 증상은 심각한 문제를 초래할 수 있다. 각종 성인병에 노출되는 연령대인 만큼 자칫하면 없던 병도 만들어내는 원인이 되며, 이미 다른 질환이 있을 경우 합병증을 재촉하게 된다. 따라서 규칙적인 생활과 건강관리를 통해 불면증이나 수면장애가 장기화되는 일을 사전에 막는 수밖에 없다.

효과적인 수면을 위한 6가지 테크닉

1. 잠자는 시간을 일정하게 유지해라
잠을 보충한다며 주말에 늦잠을 자는 습관을 버려야 한다. 규칙적인 수면은 숙면을 취하기 위한 기본이다.

2. 따뜻한 우유를 마셔라
따뜻한 우유는 훌륭한 수면제다. 그러나 알코올은 좋지 않다.

3. 잠자기 30분 전에는 컴퓨터나 TV를 보지 말고 논쟁도 하지 마라
부드러운 음악이나 책을 읽는 것도 숙면에 도움을 준다. 그러나 공포 소설은 피하라.

4. 억지로 자려고 하지 마라
잠자리에 들었는데 20분이 지나도록 잠이 오지 않으면 일어나라. 그리고 다른 방으로 들어가 조용한 활동을 하라.

5. 잠을 자는 데 도움이 되는 환경을 만들어라
침실 분위기를 시원하고 어둡게, 그리고 어지럽지 않게 정돈하면 좋다. 눈가리개나 귀마개도 도움이 된다.

6. 카페인 섭취를 피해라
자극적인 음식을 피하고, 저녁은 최소한 잠자기 3시간 전에 먹어라.

물만 잘 마셔도 건강은 지켜진다

병은 사람의 눈에 보이지 않는 곳에 생겨
반드시 사람이 보는 곳에 나타난다.
_ 채근담

매일 아침 물 한 잔으로 위장병을 고쳤다면 믿을 수 있을까?

한 벤처기업 이사의 경험담이다. 창업한 지 얼마 안 된 회사의 업무 때문에 과중한 스트레스를 받다 보니 스트레스성 위장염이라는 진단을 받게 됐다. 약을 복용하면서 식습관을 바꾸는 등 노력을 기울였지만 4개월이 넘도록 나아지는 기미가 없이 체중이 7킬로그램이나 줄었다.

그러던 어느 날 지인으로부터 매일 아침 일어나자마자 공복에 물 한 잔을 마셔보라는 말을 들었다. 반신반의했지만 한번 해보기로 하고 아침마다 꾸준히 물을 마셨다. 처음에는 큰 효과를 보지 못했는데 2개월이 넘어서자 식사 후 트림을 하는 일이 줄어들면서 약을 먹지 않아도 쓰리고 아픈 증세가 없어졌다. 그리고 3개월이 지나면서부터는 스트레스성 위장염 증세로부터 완전하게 벗어날 수 있었다.

물에 대한 지식이 없다면 이 같은 사례는 믿기지 않는 것이 당연하다. 하지만 사실이다. 매일 아침 일어나자마자 빈속에 마시는 물 한 잔은 기분을 상쾌하게 하는 것은 물론 우리 몸의 노폐물을 제거하고 신진대사를 활발하게 한다. 물을 꾸준히 마신 결과 질병 치료에 효과를 보았다는 이들도 한둘이 아니다. 의사들도 물을 잘 마시는 것이 건강에 좋다는 데 의견을 같이한다.

질병 치료를 위해 마시는 물은 차가운 물이 좋다. 단, 얼음물과 같이 지나치게 찬 물은 피하는 것이 무난하다. 물을 차게 하면 약 20~25퍼센트 정도의 물 분자가 육각수로 변한다. 육각수는 보통 물보다 흡수가 잘되어 인체에 좋은 영향을 미친다. 생수를 마시기 어렵다면 수돗물을 마셔도 무관하다.

다만 수돗물은 하루 정도 항아리에 받아두었다가 마시는 것이 좋다. 이때 물을 담은 용기 내에 숯이나 맥반석 등 흡착물질을 넣어두면 냄새와 소독약 성분이 사라진다.

물은 노폐물 제거나 위에 좋은 영향을 미치는 것 외에도 다양한 질병을 치료하는 데 효력을 발휘한다. 아토피나 당뇨병 환자의 경우 2~3리터의 알칼리수를 매일 마시면 좋은 결과를 볼 수 있다고 한다. 반드시 지켜야 하는 것은 최소한 6개월 이상은 꾸준히 마셔야 한다는 것이다.

또한 운동 10~15분 전에 한 컵, 운동 중에는 반 컵 정도, 그리고 운동 후 한 컵의 물은 필수적이다. 운동할 때의 수분 보충은 운동으로 생성된 노폐물을 빨리 제거하고, 탈수 현상을 저지시킨다는 점에서 꼭 필요하다. 땀을 많이 흘리면 혈액의 점성이 증가하고 혈류 속도가 감소하여 심장박동수가 증가하는 등 민감한 반응을 일으킬 수 있다.

물은 질병 치료나 노화 방지를 위해서가 아니라도 적어도 하루에 1.5~2리터 정도는 마시는 것이 건강을 유지하는 데 도움이 된다.

물 잘 마시는 건강법

1. 하루에 반드시 8~10잔, 최소 1.5~2리터의 물을 마셔라.

2. 음주 후엔 반드시 두 컵 이상의 찬물을 마셔라.

3. 물은 가급적 천천히 마신다. 심장과 신장에 부담을 줄 수 있다.

4. 물은 공복일 때, 식사하기 30분 전에 마시는 것이 좋다.

5. 약알칼리성의 물을 마시는 것이 인체에 좋다.

6. 오전 시간보다는 오후에 물을 많이 마셔라. 원활한 신진대사에 도움이 된다.

7. 오전 공복 시의 한두 잔은 변비 예방에 효과적이다.

8. 칼슘과 마그네슘, 나트륨 등 미네랄이 함유된 물은 가능한 한 끓이지 말고 생수로 마셔라.

9. 물을 무조건 많이 마신다고 좋은 것은 아니다. 식사 직전이나 식사 도중에 마시는 물은 소화에 지장을 줄 수 있다.

전통 장류가
장수식품이다

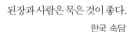
된장과 사람은 묵은 것이 좋다.
_ 한국 속담

된장은 국, 찌개, 무침, 쌈 등으로 다채롭게 먹을 수 있는 우리의 전통식품이다. 뿐만 아니라 벌레에 물리거나 쏘인 데 발라 독을 풀어 주었으며, 데거나 상처 난 곳에도 바르는 등 해독, 해열을 위한 민간치료제의 하나로 사용되어 왔다.

된장은 주원료인 콩의 영양성분을 소화 흡수가 더 잘되는 형태로 만든 것인데 콩의 영양소에 발효과정에서 생긴 생리활성성분이 더해져 암 예방에 중요한 역할을 하는 것으로 밝혀졌다.

세계의 영양생리학자들은 발효식품을 21세기의 중요한 건강 · 영양 식품으로 꼽고 있다. 최근 국내 100세 이상의 장수 노인을 대상으로 조사한 결과에서도 된장은 주요 장수 음식으로 나타났으며, 장수 노인의 90퍼센트 이상이 하루 한 끼 이상 된장국을 먹는다고 답했다.

된장은 전통 발효식품 가운데 항암 효과가 가장 탁월한 것으로 알려져 있다. 콩 자체가 갖고 있는 단백질과 지방의 역할뿐만 아니라 발효과정에서 여러 항암 성분들이 만들어져 상승작용을 하기 때문이다. 또한 자연발효식품이기 때문에 항암제와 같은 부작용의 염려도 없다.

또 간기능의 회복과 해독에도 효과가 높은 것으로 보고되고 있다. 간은 우리 몸에서 가장 중요한 기관의 하나이며 섭취한 영양소 모두 간을 거쳐 분배된다. 따라서 간의 기능이 약해지면 영양소가 제대로 분배되지 못하여 저항력이 떨어지며 각종 간 질환의 원인이 된다.

이외에도 된장에 들어 있는 폴리페놀polyphenol류가 체내에서 항산화작용을 한다는 사실도 확인되었으며, 두통을 경감시키고 고혈압을 예방하는 효과가 있다는 것이 여러 차례의 실험을 통해 증명되었다.

한편, 제조법이 좀 까다롭고 냄새가 강하긴 하지만 효능에 있어서 된장 못지않은 것으로 청국장이 있다. 청국장의 끈적끈적한 실의 주된 성분인 폴리글루탐산polyglutamic acid은 자체로도 항암 작용을 할 뿐만 아니라 발암물질을 배출시키는 데에도 역할을 하는 것으로 밝혀졌다. 유해물질의 흡착, 배설에는 사포닌과 같은 식이섬유도 관여하여 장 내에 유해물질이 오래 머무는 것을 막아주는 역할을 한다.

청국장은 1그램 속에 무려 10억 개 이상의 바실러스균을 함유하고 있어 설사나 장염 등을 예방하며 변비도 막는다. 비타민E의 항산화작용으로 노화방지는 물론이고, 다량의 비타민B_2가 당뇨병 예방과 치료 효과를 준다. 또 청국장에 있는 레시틴은 혈관에 달라붙은 콜레스테롤을 씻어내어 혈행을 원활하게 한다.

최근 들어 된장, 간장 등 전통식품을 직접 담가 먹는 인구는 줄었지만 이들 식품의 다양한 효능이 밝혀지면서 관심은 높아지고 있다. 마음만 먹으면 어렵지 않게 담가 먹을 수 있는데, 여의치 않다면 시판되는 된장을 사서 먹어도 된다. 단, 사먹는 된장의 경우 가능하면 자연식으로 직접 담근 것을 구입하는 것이 좋다.

화학조미료를
주방에서 퇴출시켜라

공짜로 처방전을 써주는 의사의 충고는 듣지 마라.
_ 탈무드

　성인병에 걸리는 것을 원치 않는다면 지금 이 순간부터 인스턴트식품과 화학조미료에서 멀어져라. 시간이 없다고 인스턴트식품으로 대충 끼니를 때우는 것은 자신의 생명을 스스로 단축시키는 일이며, 쉽게 맛을 내겠다고 화학조미료를 듬뿍 넣어 음식을 만드는 것은 가족의 건강을 해치는 일이다.

　우리나라 국민의 사망 원인 1위는 22년째 암이 차지하고 있다. 그중에서도 대장암은 지속적으로 증가 추세를 보이고 있는데, 통계에 따르면 인구 10만 명당 대장암 환자는 1993년 5.3명에서 2003년 11.4명으로 폐암에 이어 증가율 2위를 기록했다. 대장암 환자가 급증하는 주된 원인은 서구화된 식생활에 있다. 특히 고기, 기름진 음식, 가공육, 그리고 인스턴트식품이 가장 중요한 원인으로 꼽힌다.

미국에서는 1970년대부터 인스턴트식품의 문제를 인식하고 성인병 환자를 대상으로 하는 자연식 식사법을 개발해 왔다. 정신병원, 교화소, 교도소 등에서도 자연식을 강조하여 놀라운 성과를 얻고 있다고 한다. 또 식습관 개선 운동으로 패스트푸드는 이미 사양 산업이 되어버린 상황이다. 오죽하면 '정크푸드junk food'라고 말하겠는가.

인스턴트식품의 유해성은 사실 한두 가지가 아니다. 무엇보다 칼로리가 높아 비만의 원인이 된다. 신세대들이 즐겨 먹는 피자와 햄버거는 지방 함량이 너무 높아 대표적 지방질 식품인 삼겹살보다 칼로리가 훨씬 높다. 또 여기에는 다량의 흰 설탕을 사용하는데 흰 설탕의 과잉섭취는 비만, 당뇨, 심장병, 장내 세균 증식, 면역기능 저하, 기생충 증가, 동맥경화 등의 요인이 된다.

한편으로 '두통, 메스꺼움, 무력감, 가슴통증, 저림, 안면 홍조, 졸음, 식은땀, 심장 박동 증가' 등의 증세를 일으키는 식품이 있다면 누가 이를 매일같이 섭취하려고 하겠는가? 바로 화학조미료 'MSG momosodium glutamate'에 대한 미국식품의약국FDA의 부작용 설명 문구 중 일부이다. 화학조미료의 건강 위해를 연구한 결과에 따르면 무력감, 두통, 발열을 동반하고 뒷목이 뻐근하며 가슴이 조이는 느낌이 들고, 구역질이 나기도 하는 등의 1차적 증상뿐만 아니라 뇌손상, 천식 같은 질환과 암과의 연관성 등도 있는 것으로 나타났다.

세계보건기구는 화학조미료에 대해서 규제치를 마련했다. 12주 이내의 영아에게는 사용할 수 없으며, 50킬로그램의 성인도 하루에 6그램 이상 초과 섭취하지 않도록 하라는 내용이다. 또 세계보건기구WHO가 정한 화학조미료의 하루 허용량은 어른은 최대 6그램, 어린이는 3그램이다. 영국과 오스트리아, 싱가포르에서는 유아 식품의 화학조미료 사용을 법으로 금지하고 있으며, 미국, 오스트레일리아, 캐나다에서는 유아 식품 제조업자들이 자발적으로 화학조미료를 사용하지 않겠다고 선언했다.

화학조미료에는 L-글루탐산나트륨이 들어 있다. 이 물질은 화학적 추출 과정을 거쳐 만든 결정체로 해물과 야채 등을 푹 우린 것과 비슷한 맛을 낸다. 특히 이 맛은 허약자나 나이가 많을수록 더 좋아한다는 연구 결과가 있으며 한 번 맛을 본 사람은 이후에도 화학조미료가 들어간 음식을 더 맛있게 느낀다고 한다.

전문가들은 음식물을 조리할 때 직접 사용하는 화학조미료보다 생활에서 간접적으로 접하는 화학조미료가 더 위험하다고 경고한다. 단적인 예를 들자면 라면 한 봉지에는 평균 1.65그램의 화학조미료가 들어 있다. 패스트푸드, 과자, 각종 소스, 육가공품, 음식점에서 파는 음식 등을 통해 섭취하는 보이지 않는 화학조미료의 양이 엄청나다는 얘기다.

당장 입에 달더라도 건강에 해를 끼치는 것이라면 당연히 멀리 하는 것이 좋다. 가정에서는 화학조미료를 덜 먹는 방법을 찾아야 하며, 밖에서 주로 식사를 하게 되는 직장인이나 비즈니스맨이라면 가능한 한 야채 위주의 메뉴를 선택하고 패스트푸드는 먹지 않는 것이 좋다.

식탁에
등푸른 생선을 올려라

무엇이 유익이 되며 무엇이 해가 되는지를 자각하는 것이
건강을 유지하는 최상의 물리학이다.
_ 프랜시스 베이컨

    아이나 어른이나 입맛이 까다로운 사람들은 아침 식탁에 앉으면 뭐 새로운 것이 없나 하고 한번 둘러보고는 마땅한 게 없다 싶으면 몇 술갈 뜨다 만다. 이럴 때는 식탁에 등푸른 생선 한 가지만 올려놓아도 문제가 해결된다. 입맛 당기는 냄새에 연하고 맛좋은 생선살이 젓가락을 절로 가게 만든다. 특히 중장년층이나 노인층이라면 등푸른 생선은 반드시 섭취해야 하는 필수 음식이다. 비교적 값이 싸고 구하기가 쉬운 것도 이유가 되지만 무엇보다도 성인병에 효과가 좋고 우리 몸에 꼭 필요한 영양소가 풍부하기 때문이다.

    대표적인 등푸른 생선으로는 고등어, 꽁치, 정어리, 청어, 삼치, 가다랑어, 참치 등이 있다. 이들에는 성인병에 효과가 좋은 EPA, DHA를 비롯하여 각종 영양소가 풍부하게 들어 있다. 등푸른 생선은 바다 밑에 사는 흰살 생선과는 달리 해수면 가까이 살기 때문에 물살에 따른 움직임이 많아 운동량이 많은 편이다. 때문에 근육이 단단하고 지방함량이 다른 생선에 비해 20퍼센트 정도 더 높다. 비린내가 많은 것도 이 때문이다.

특히 참치, 정어리, 고등어, 꽁치는 불포화지방산의 일종인 EPA와 DHA 농도가 높아 고혈압이나 동맥경화의 원인이 되는 혈중 콜레스테롤 수치를 떨어뜨리고 중성 지방을 감소시키는 효과가 있다. 또 혈액이 응고되는 것을 막아 혈전을 예방해 준다. 이뿐만이 아니다. 최근 들어 급증하고 있는 대장암을 예방하고 여러 암세포의 전이와 증식을 억제한다는 사실도 밝혀졌다.

이외에도 EPA와 DHA는 뇌혈관을 깨끗하게 하고 탄력성까지 좋게 해 뇌 기능을 개선한다. 따라서 뇌졸중을 비롯한 혈관질환 뿐만 아니라 정신분열증, 우울증, 치매와 같은 정신질환 예방에도 효과가 있는 것으로 나타났다.

간혹 기름기가 많고 비린내가 심하다는 점 때문에 등푸른 생선을 꺼리는 사람들도 있다. 그렇지만 조리방법을 약간만 달리하면 냄새 걱정없이 맛있게 즐길 수 있다. 마늘, 생강, 파, 겨자 등 향이 강한 양념이나 레몬, 식초, 청주 등을 적절히 사용하면 된다. 조리 시 가열 시간은 흰살 생선에 비해 넉넉하게 잡는 것이 좋다. 하지만 너무 오래 가열하면 단백질이 응고되어 살이 굳어지고 양념간장의 염분에 의해 탈수 작용이 일어나 맛도 떨어지므로 가열 시간은 길어도 15분을 넘기지 않는 것이 좋다.

구하기 쉬운 데다 자주 식탁에 올려도 경제적 부담이 가지 않는 등푸른 생선, 구이도 좋고 조림이나 찌개로도 좋다. 단, 국물이 있는 조리를 할 때는 싱겁게 해서 국물에 우러난 DHA까지 섭취하자.

칼슘과 섬유질을
쌀밥처럼 즐겨라

건강이 있는 곳에 자유가 있다.
건강은 모든 자유 가운데 으뜸이다.
_ 헨리 프레데리크 아미엘

당뇨로 고생을 하는 중년 남성이 있었다. 철저한 식이요법과 유산소운동을 통해 병이 더 악화되는 것을 막을 수 있었다. 그렇지만 더 나빠지지 않을 뿐 나아지지가 않았다. 그러다가 시래기를 많이 먹으면 좋다는 말을 듣고 몇 달 동안 시래기를 먹은 결과 스스로도 놀랄 만큼 좋아졌다. 기분이 좋아진 그는 그해 가을 고향에 내려가 무 잎사귀가 건강하게 자란 무밭의 무를 통째로 사들였다. 밭에서 나온 무청(무의 잎)을 시래기로 만들어 무쳐 먹고, 끓여 먹고, 볶아 먹고, 시래기나물밥까지 지어 먹었다고 한다. 그후 그의 당뇨병은 상당히 호전되었다.

무청에는 비타민C가 딸기보다 많이 들어 있으며, 비타민B_1과 B_2 역시 우유보다 풍부하다. 또한 비타민A도 같은 양의 당근보다 두 배가 넘게 함유되어 있어 간암 억제에도 효과가 크다. 철분이 많아 빈혈에 좋고 칼슘과 식이섬유가 함유되어 있어 혈중 콜레스테롤을 떨어뜨려 동맥경화에도 좋다. 그렇기 때문에 성인병에 취약한 중장년층은 시래기를 더욱 즐겨 먹어야 한다.

의학 전문가들은 보통의 한국인은 칼슘을 매일 500밀리그램 이상씩 더 먹어야 한다고 말한다. 한국인의 식탁에 칼슘이 부족하다는 얘기다. 일부에서는 그 대안으로 우유, 시래기, 추어탕을 먹으라고 권장하고 있다. 물론 다른 칼슘 섭취 방법도 있다. 뼈째 먹는 생선인 멸치나 뱅어포에도 칼슘이 많이 들어 있다. 하지만 많은 양을 먹어야 하루 섭취량을 간신히 채울 수 있다. 사골국에도 칼슘이 많이 들어 있지만 의외로 칼슘의 섭취를 저해하는 인이 더 많고 지방과 콜레스테롤이 많아 칼슘 식품으로 부적합하다. 또한 미역국으로 칼슘 500밀리그램을 섭취하려면 다섯 그릇을 먹어야 한다. 그런데 시래기 된장국 한 그릇에는 약 300밀리그램 정도의 칼슘이 들어 있다.

또 한 가지 시래기의 장점은 섬유소다. 무청은 다른 야채들에 비해 섬유질이 풍부해 당뇨 환자에게 특히 좋다. 식이섬유는 위와 장에 머물며 포만감을 주어 비만을 예방하고 당의 농도가 높아지는 것을 지연시킨다.

특별한 사실을 하나 더 추가하자면 시래기가 미용이나 치료제로도 좋다는 것이다. 시래기를 끓인 물에 발을 담그면 각질 제거에 좋고 몸이 찬 사람은 혈액순환에 도움을 주어 관절 통증도 완화시킬 수 있다.

시래기를 만드는 일은 어렵지 않다. 매년 가을 무청을 끈으로 한 줌씩 굴비 엮듯이 엮어서 바람이 잘 통하는 곳에 매달아 두었다가 과자처럼 바삭거릴 정도로 말리면 된다. 단, 볕이 잘 드는 곳보다는 그늘에서 말리는 것이 영양 성분을 잘 보존하는 방법이다. 또한 냉동실에 얼리면 두고두고 먹을 수 있다.

오색야채,
과일과 사귀어라

바람과 물결이 그를 만들었다.
_ 짐 툴리

미국 속담에 '하루에 사과 한 개를 먹으면 의사가 필요 없다'는 말이 있다. 사과는 비타민과 미네랄이 풍부한 과일로 여기에 함유된 펙틴은 고혈압, 동맥경화, 비만에 효과적으로 작용한다. 사과의 섬유소는 혈중 인슐린을 통제하여 혈당치의 급격한 변동을 예방하므로 당뇨병 환자에게 유익하다. 또 칼륨이 100그램당 110밀리그램이나 들어 있어 체내의 염분을 배출시키며, 섬유질도 많아 정장 효과가 있다. 유기산이 위액의 분비를 왕성하게 하여 소화를 도와주고 철분의 흡수도 높여준다.

반드시 사과만이 우리 몸에 좋은 것은 아니다. 토마토에는 비타민 A, B_1, B_2, C 등이 골고루 들어 있고, 특히 비타민C는 100그램당 20~40밀리그램이 들어 있어 두 개 정도만 먹으면 하루 필요량을 모두 섭취할 수 있다. 토마토나 토마토 요리를 자주 먹게 되면 전립선암에 걸릴 확률이 낮아지는데 바로 리코펜lycopene이라는 성분의 효과다. 리코펜은 암 유발인자를 사전에 제거해 주는데 끓이거나 익혔을 때 그 효과가 커진다.

우리가 먹는 모든 과일은 저마다 다양한 비타민을 갖고 있고 섬유질을 비롯해 인체에 이로운 각종 물질을 함유하고 있다. 그렇기 때문에 과일을 충분히 섭취하면 체내 신진대사가 원활해지는 동시에 각종 성인병의 예방과 피부미용 효과를 얻을 수 있다.

그렇다면 야채는 어떨까? 쑥갓은 비타민A가 많아 120그램을 먹으면 하루에 필요한 영양소를 충분히 섭취할 수 있으며, 각종 비타민과 엽록소도 풍부하다. 시금치는 칼슘과 철분이 풍부한 대표적인 채소이며, 비타민 A, B_1, B_2, C, K 등도 많이 들어 있다. 마늘은 항암 효과와 함께 탁월한 살균 작용으로도 유명하다. 마늘이 갖고 있는 알리인alliin이라는 유기화합물은 조리와 섭취과정에서 알리신allicin으로 바뀌는데 페니실린보다 살균력이 100배나 뛰어나 O−157, 식중독균, 대장균 등에 작용한다.

이쯤 되고 보면 과일이나 야채는 건강한 노년을 꿈꾸는 중장년들에게는 싸들고 다니면서 먹어야 하는 '숨 쉬는 보약'인 셈이다. 매일 같이 식탁에 야채를 충분히 올리고 후식이나 간식으로 과일을 챙겨 먹는다면 굳이 보약을 지으려고 한의원을 찾아가는 수고는 하지 않아도 될 것이다.

특히 채식은 고섬유질, 저지방식일 뿐만 아니라 고기에는 없는 베타카로틴, 비타민C와 E, 피토케미컬 등 각종 항산화물질을 충분히 섭취할 수 있다. 이런 항산화물질은 생활습관병 및 그 합병증의 예방은 물론 암의 예방과 치료에도 꼭 필요하다. 또한 면역계의 힘도 길러주므로 암과 더 잘 싸울 수 있게 한다. 실제 병원에서 쓰는 항암제 중에서 탁솔taxol이나 여러 가지

알칼로이드alkaloid 등 식물 추출물이 많이 있지만 동물에서 추출한 항암제는 없다.

그렇다면 어떤 종류의 과일과 야채를 먹어야 할까? 최근 미국에서는 '파이브 어 데이(5 a DAY)' 캠페인이 인기를 끌고 있다. 하루에 노란색, 붉은색, 초록색, 흰색, 보라색 등 다섯 가지 색깔을 지닌 과일과 야채를 골고루 먹으면 더욱 건강하게 살 수 있다는 의미이다. 이 캠페인은 음식물의 영양가치를 따져보는 것도 중요하지만, 먼저 색깔의 균형을 맞추라고 한다. 그이유는 색깔에 따라 각기 다른 영양소가 들어 있으므로 여러 영양 성분을 골고루 섭취할 수 있기 때문이다.

하루 5가지 색깔의 과일, 채소를 먹자

붉은색(항암 효과, 소염 작용)

● 토마토

강력한 항암물질인 리코펜이 들어 있어 토마토를 자주 먹으면 전립선암에 걸릴 확률이 낮아진다. 리코펜은 끓이거나 익혔을 때 그 효과가 커진다.

● 사과

비타민과 미네랄, 칼륨이 많이 들어 있다. 풍부한 섬유질과 칼륨이 체내의 염분을 효과적으로 배출시킨다. 유기산은 위액의 분비를 왕성하게 하여 소화를 도와주며 철분의 흡수도 높여준다.

노란색(암과 심장질환 예방)

● 오렌지

섬유질과 비타민A, C가 풍부하며 혈관의 염증을 줄인다.

● 레몬

비타민C가 풍부하며 콜레스테롤을 저하시키고 항암 작용을 한다.

● 자몽

비타민C가 풍부하며 인슐린 분비를 조절한다.

초록색(공해물질 해독, 노화 예방)

● 키위

비타민C가 풍부하게 들어 있다. 칼륨과 엽산 등 다른 과일에서 섭취하기 힘든 영양소들도 골고루 들어 있다.

● 양배추

비타민 B_1, B_2가 풍부하며 항암 효과와 위궤양을 일으키는 헬리코박터 파일로리균을 치유하는 효과가 있다.

● 브로콜리

비타민 A, C가 풍부하여 노화를 예방하고 항암 효과가 탁월하다.

보라색(시력 회복, 원기 회복, 성기능 향상)

● 포도

껍질에 보라색 색소인 플라보노이드가 들어 있는데, 혈전의 생성을 막아 심장병과 동맥경화를 예방한다.

흰색(콜레스테롤 저하, 심장병 예방 효과, 저항력 강화)

● 마늘

대표적 성분은 알라인이라는 유황화합물질이며 그 외에도 디아릴펜타설파이드 등 다양한 유황화합물질과 셀레늄selenium을 함유하고 있어 암 발생을 억제하는 효과가 높다. 갱년기 장애에 도움이 되며 성인병의 1차 원인인 혈중 콜레스테롤을 저하시키고 혈압 조절 작용을 한다. 또 체내 중금속 배출 및 유해물질 해독, 배설작용을 돕는다.

● 배

수분과 섬유질이 풍부해 변비 해소에 도움이 되며, 가래, 기침, 해소, 천식 등 호흡기계 질환에 작용한다. 해열 효과도 높고 소화에도 도움을 준다.

● 바나나

풍부한 섬유질이 소화기계의 질환에 도움을 준다. 지방이 0.2퍼센트밖에 포함되어 있지 않기 때문에 포만감을 주면서도 지방 섭취량을 줄이는 데 매우 유용하다.

생활 속에서 즐기는 웰빙 건강

웰빙 열풍과 함께 좀더 젊고 건강하게 살고자 노력하는 사람들이 늘고 있다. 좋은 음식을 먹고 여행을 다니며 특별한 레포츠를 즐기는 것도 웰빙이라 할 수 있겠지만 웰빙이 꼭 그렇게 돈을 들여야만 가능한 것은 아니다. 생활 속에서 쉽게 찾고 즐길 수 있는 것이야말로 진정한 웰빙이 아닐까?

"요가, 이런 게 좋아요!"

1. 피부가 좋아진다

요가는 일종의 기수련이기 때문에 몸 안, 즉 오장육부가 튼튼해지고 그 영향으로 피부도 깨끗해진다.

2. 자세가 바르게 된다

요가에는 척추를 올바르게 사용하는 동작들이 많이 있다. 이렇게 척추를 바르게 만들면 자세도 바르게 된다.

3. 성격이 긍정적으로 변한다

명상을 통해 스트레스를 날려버리고 기수련을 통해 몸 전체에 기운을 넘치게 만들기 때문에 생활에 활력이 넘치고 성격도 밝아진다.

4. 다이어트에도 효과적이다

요가는 일상생활이나 일반적인 운동으로는 사용하기 힘든 근육도 골고루 사용한다. 덕분에 좀처럼 줄어들지 않던 부분의 살도 빠진다. 단, 기간을 오래 잡아야 한다.

5. 기억력과 집중력도 강화된다

미세한 동작 하나하나에 모든 신경을 집중해야 하므로 집중력과 기억력도 향상되는 효과를 볼 수 있다.

귀농하려면
서둘러라

나를 믿어라.
인생에서 최대의 성과와 기쁨을 수확하는 비결은
위험한 삶을 사는 데 있다.
_ 프리드리히 니체

자영업을 하는 사람들 중엔 '하다 안 되면 귀농해야지' 라고 말하는 이들이 적잖고 직장인들 중엔 '퇴직하면 고향으로 내려가야지' 라고 말하는 사람들이 부지기수다. 하다 안 되면, 할 것 없으면 시골로 내려가 농사나 짓고 살겠다는 것이다. 한마디로 귀농을 몰라도 한참 모르는 사람들이며 농사를 아주 우습게 여기는 처사다. 과연 귀농이 누구나 덤벼들면 되는 일일까?

착각이다. 농사를 지어서 소득을 얻어먹고 산다는 것은 창업을 하여 망하지 않고 사업을 이끌어가는 일보다 더 어려운 일이라는 것을 많은 사람들이 모르고 있다. 은퇴 후 2~3억 정도만 갖고 시골에 내려가면 노후가 저절로 보장되는 줄 아는 사람들이 부지기수다.

귀농에 안착한 농부들의 조언 중 가장 먼저 하는 말은 한결같다. 귀농엔 나이가 중요하다. 한 살이라도 더 젊을 때 서두르지 않는다면 귀농은 어렵다는 것이다. 이유는 간단하다. 아무리 기계영농화가 되어 있다 할지라도 사람의 손과 발이 움직이지 않고서는 이루어지는 것이 단 한 가지도 없다. 어떤 작물이든 농업은 사람에 의해 관리되지 않고서는 수확이 불가능하다. 트랙터를 끌더라도 사람이 운전을 해야 하며, 과수원에 약을 치더라도 사람이 직접 배합을 하고 장비를 작동시켜야 한다. 예나 지금이나 농사는 노동력이 필수라는 얘기다. 게다가 농사는 그 특성상 시작했다고 금방 대박이 나는 장사가 아니다. 농산물 자급자족을 위한 소규모 농사라면 쉬엄쉬엄 일하면서 농사를 지어도 될 일이지만 농사를 통해 소득을 얻으려 한다면 한 해 두 해 농사로 대박을 낼 수 있다는 꿈은 아예 갖지 말아야 한다. 안정적인 농업기반을 구축하려면 적어도 3~5년은 걸리며 이 기간 동안은 더 많은 노동력을 필요로 한다. 과수재배를 택할 경우 소득 발생 시기가 아무리 빨라도 3~4년은 지나야 하며, 여느 특용작물을 재배하더라도 터 잡고 재배기술을 습득하는 데 적정기간이 필요한데다 농작물은 기후조건과 밀접한 관련이 있는 만큼 매년 풍년을 맞이할 수 있다는 장담을 할 수 없기 때문이다.

이런저런 요인들을 복합적으로 감안할 때 도시인들의 귀농 연령대는 40대 후반에서 50대 중반 사이가 가장 적합한 시기로 꼽힌다. 30대나 40대 초반은 자녀들 교육문제로부터 자유롭지 못하다. 아이들의 교육을 인성과 자연친화 교육으로 못 박지 않는다면 귀농 1~2년 만에 다시 도시로 돌아올 수밖에 없는 게 농촌교육의 현실이다. 부모가 일일이 등하교를 시켜주지 않으면 안 될 만큼 통학거리가 먼 데다 학업성취도와 실력 수준이 도시에 비해 떨어지는 것은 기정사실이다. 게다가 여성들의 경우 젊은 시절에는 귀농을 선호하지 않는 만큼 배우자와의 갈등이 발생할 우려가 많기 때문에 어려움이 따른다. 이 때문에 도시와 농촌 두 집 살림을 하다 가정이 파탄나는 사례도 발생하고 있고, 가장 혼자 귀농했다가 현실적인 가정문제를 극복하지 못해 원점으로 돌아가는 이들도 많다. 자녀들이 대학생이 된 시점 이후가 그나마 귀농으로 인한 가정문제를 최소화할 수 있고, 그 시기가 보통 40대 후반 50대 초중반인 것이다. 정년퇴직을 한 후 60대가 되어 농업에 뛰어드는 것은 체력적으로 무리가 따를 수밖에 없다. 귀농보다는 귀촌이 적합한 형태다.

실례로 저자가 잘 알고 있는 귀농인 중 한 사람인 경북 봉화의 햇살찬 산사과 농장 주인 박덕순씨는 7년 전 52세 되던 해 귀농을 실행으로 옮긴 농부로 이제서야 한숨 놓았다고 말한다. 아내와 함께 차 한 잔의 여유를 즐기는 목재로 만든 테라스마저도 6년이 되던 지난해에 설치했고 봄이나 가을 지인들과 친구들을 초대하기 시작한 것도 불과 2년 전부터다. 고된 시집살이를 잘 넘기려면 귀머거리 3년, 벙어리 3년, 봉사 3년은 거쳐야 한다는 말처럼 귀농 또한 낭만이 아닌 생활의 귀농 속에 안정된 정착을 하려면 최소한 5년은 '나 죽었소' 하면서 모든 열정과 관심을 오로지 농사와 현지화에 쏟아야 한다는 게 그의 성공귀농을 위한 강력한 지론이다.

김포에서 직장생활과 사업을 하다 양구 펀치볼의 농부가 된 올해 쉰여섯 살의 권영택씨의 생각도 마찬가지다. 8년 전에 이곳으로 들어올 당시 그는 김포에 가족을 두고 왔기에 당시 청소년기를 보내는 자녀들에게 미안함과 죄스러움도 느꼈다고 했다. 이제서야 자녀들이 대학 졸업을 앞두고 있고, 만여 평의 경작지에서는 먹음직스러운 복숭아가 수확되고 호두나무, 살구나무가 열심히 자라고 있지만 귀농 초기 맘고생이 적잖았다고 했다. 또 작목 선택에 신중을 기하느라 귀농 4년 만에 복숭아나무를 심었고 동네사람들과 얼굴을 익히고 농사에 대한 전반적인 과정을 체험하고 영농지식을 습득하는 데 적잖은 시간 투자를 해야 했다.

귀농! 그것은 돈만으로 되는 것이 결코 아니다. 가족 간의 합의, 적당한 자금, 지역선택 등을 사전에 준비해야 하는 것도 필수지만 무엇보다도 직접 농사를 지을 주인의 체력이 우선되어야 하기에 나이를 무시할 수 없는 일이다.

귀농을 위한 MESSAGE

MESSAGE1 1년 동안 인턴생활을 거쳐라

분식점 창업을 해도 몇 개월간 주방보조로 일한 다음 창업을 하는 게 철칙으로 통할 만큼 무엇이든 사전에 실습 기간을 거치는 게 좋다. 농사의 경우 최소 1년 정도는 선배농민들 곁에서 듣고 배워야 한다. 본격적인 농사를 짓기 전에 임시 주택을 마련해서라도 인턴생활을 거치면 작물재배 시 실수를 줄일 수 있다.

MESSAGE2 자가 농장만을 고집할 필요는 없다

최근 들어 농촌의 지가도 상승했다. 특히 귀농인구가 늘고 있는 지역들의 경우 크게 달라졌다. 최소 3~4억 이상을 투자하지 않으면 땅 사고 집 짓고 초기 비용을 감당하기 어려워진다. 자금력이 충분하지 않다면 임대 가능한 토지가 많으므로 땅은 임대를 하는 것도 현명한 방법이다. 우선 몇 년간 임대토지에 농사를 짓다가 수익을 낸 후 토지를 구입하는 것도 바람직하다.

MESSAGE3 작물 선택을 정확하게 하고 귀농해라

고추농사 지을까? 사과 과수원을 할까? 식으로 뚜렷하게 작물을 선택하지 못한 상태에서 귀농하는 이들이 적잖다. 이럴 경우 남들이 하는 작물을 따라하기 십 상이며 자칫하면 실패하거나 뒷 차를 탈 수도 있다. 귀농하고자 하는 지역에서 재배 성공률이 높고 자신이 좋아하는 작물을 선택해야 한다. 사전에 철저하게 조사하고 고민하여야 한다.

MESSAGE4 농기구 및 자재는 일괄구입해라

농사를 지을 때 필요한 기구들이 한두 가지가 아니다. 우리만 해도 창고에 수십여 가지가 있다. 농촌지역의 경우 유통비용 때문이지 의외로 가격이 만만찮다. 먼저 리스트를 만들어 대도시 도매상에 가서 일괄구매하는 것이 비용을 크게 줄일 수 있다. 다리품을 팔더라도 몇 군데 시장조사를 한 후 구매하는 것이 좋은 방법이다.

MESSAGE5 정부 귀농지원정책에만 의지하지 마라

최근 들어 정부나 지자체에서 귀농을 환영하는 입장이고 이런 저런 지원책을 내놓고 있다. 그러다 보니 여기저기서 소문만 듣고 지원정책에 의지하려는 사람들도 있는 것 같다. 대외적으로 공개되는 지원정책들이 많더라도 지역에 따라 다르고 대상에 따라 수혜자가 되기도 하고 안 되기도 한다. 또 말만 풍성하지 현실적으로 기대에 못 미치는 지원제도도 있다. 그러니 지원정책에만 너무 의지하려고 하지 말고 스스로의 철저한 준비에 최선을 다해야 한다. 일례로 빈 농가 주택을 구입하여 귀농할 경우 집 수리비용이 지원되기도 한다. 하지만 현실적으로 볼 때 지원비용만으로는 수리도 불가능한 데다 이미 건축된 지 너무 오래 되어 손을 본다한들 몇 십 년까지 살 수 없을 수도 있다. 차라리 비용을 최소화시켜 직접 짓는 것이 현명한 일일 수도 있다.

귀촌도
준비가 필요하다

자기가 어디로 가고 있는지를 아는 사람은
세상 어디를 가더라도 길을 발견한다.
_ 데이비드 스타 조르단

귀농 귀촌 붐이 일면서 시골 각지로 내려가는 사람들도 많지만 반대로 귀농 귀촌에 실패하고 도시로 다시 돌아오는 사람들도 적잖은 게 요즘 실태다. 농림수산식품부가 2008년과 2009년 귀농가구 2,218가구와 4,080가구를 대상으로 조사한 결과에 따르면 각각 145가구(6.5%) · 221가구(5.4%)가 다시 도시로 되돌아오거나 농업이 아닌 다른 업종으로 전환한 것으로 나타났다. 그들은 왜 다시 돌아왔을까?

귀농 실패의 원인은 사전 준비 부족에 따른 자금 부족과 소득원 확보 실패가 가장 큰 편이다. 귀촌은 또 다르다. 그림 같은 집을 짓고 노년기 아름다운 전원생활을 꿈꿨지만 산산이 부서진 꿈을 뒤로 하고 도시로 돌아온 사람들의 가장 큰 공통점은 두 가지다. 하나는 현지 생활에 정을 붙이지 못한 것이고, 또 한 가지는 경제적인 문제다. 직접 경험하지 못한 사람들은 이 두 가지에 고개를 갸웃거릴 수도 있지만 사실이다.

'타향도 정이 들면 고향이라고…' 라는 유행가 노랫말이 있다. 사람 사는 곳 어딜 가든 정들기 나름이라는 말이 결코 틀린 말이 아니지만 그렇다고 해서 젊은 시절처럼 처음 만난 사이라 할지라도 소주 한잔 나누면 친구가 되고 형님 아우가 되는 일은 적어도 나이가 들어서는 쉽지 않은 일이다.

농촌의 경우 대대손손 이어져오는 집성촌이 많은 데다 집성촌이 아닐지라도 현지인들 대다수가 평생을 또는 수십 년을 한 곳에서 살아온 사람들이다. 어느 날 갑자기 나타난 외지인에 대한 시선이 마냥 고울 수는 없다. 적대감이기보다는 이방인에 대한 거리감이다. 이 간격을 좁히는 것은 순전히 귀촌한 대상자의 몫이다. 기업이 해외에 진출하여 현지화를 위해 현지 문화수용과 그곳 주민들과의 융화에 다양한 노력을 기울이듯이 귀촌도 마찬가지다. 당사자가 현지 주민들과 자연스럽게 어울리면서 정을 붙이지 못한다면 스스로 '왕따'를 자청하는 일이 된다. 하지만 인간관계가 익어가면서 쌓이는 정이 어디 하루아침에 되는 일이던가.

귀농 귀촌에 안착한 사람들은 이런 조언을 하곤 한다. 먼저 대상 지역을 정하게 되면 몇 년 동안 준비기간을 거쳐야 한다고 말한다. 그 사이에 여러 가지 준비가 필요하겠지만 현지인들과의 거리감을 좁히기 위해서는 휴일이든 휴가기간이든 수시로 내려가서 눈도장을 찍듯 주민들과 만나 유대관계를 형성하는 것이 매우 좋은 방법임을 권유한다. 다시 말해 본격적인 귀촌을 하기 전에 현지인들과 유대관계를 구축해놓으면 막상 같은 동네 주민이 되더라도 그들과 쉽게 이웃처럼 친해질 수 있다는 논리다.

농촌은 사람이 많지도 않지만 그렇다고 이웃과 얼굴 보지 않고 혼자서 살 수 있는 터전은 절대 아니다. 도시생활의 경우 같은 아파트 윗층 사람들과 서로 얼굴도 모른 채 5년 10년을 살아도 사는 데 불편함이 없지만 농촌은 다르다. 집 밖으로 나가면 하루에도 수 십 번 얼굴을 부딪히게 되고 사소한 사건 하나가 발생하면 순식간에 온 동네 사람들의 입에 오르내리기 마련이다. 이는 돈이 있다고 해서 해결되는 일도 아니다. 그만큼 나 혼자 사는 세상이 아닌 적당히 남의 눈치 보기도 하고 또 시간을 갖고 신뢰성을 굳혀야만 된다는 얘기다.

또 다른 준비 하나는 경제력이다. 시골생활은 돈이 없어도 가능하다는 생각으로 떠난다면 이는 십중팔구 실패로 돌아간다. 도시생활처럼 생활비가 차지하는 비중이 크게 들어가지는 않더라도 매월 일정비용은 지속적으로 지출되어야 한다. 야채는 자급자족한다 하더라도 하다못해 이웃들과 어울려 소주에 삼겹살 파티도 해야 하고 동네사람들 경조사에는 반드시 동참을 해야 한다. 그러니 거처할 집과 텃밭만 마련됐다고 해서 귀촌 준비가 끝났다고 생각하면 절대 아니될 일이다. 수확을 거두어 수입을 발생시키는 과수나 특용작물을 지을지라도 최소한 몇 년간 지출해야 할 비용은 사전에 확보해야 하며 노후생활을 여유롭게 보내는 귀촌을 목적으로 한다면 10년이고 20년이고 지속적으로 지출해야 하는 생활비와 건강관리비는 현금으로 확보해야만 하는 것이다.

귀촌을 위한 MESSAGE

MESSAGE1 먼저 베풀어라

농촌사람들은 순수하다. 다만 갑작스럽게 나타난 외지인을 동네사람으로 받아들이기까지 시간이 걸린다. 그 시간을 앞당기고 유대관계를 잇는 무기는 먼저 베푸는 것이다. 일도 도와주고 인사도 먼저 하고 밥 한 끼라도 먼저 대접하는 것이 현지 정착도 앞당겨주고 여러모로 유리하다.

MESSAGE2 적당한 돈은 필수다

'농촌생활에 무슨 돈이 들어가겠는가' 라는 생각을 갖고 준비없이 귀농했다가는 낭패를 볼 수가 있다. 농사를 짓는다고 해서 당장 원하는 만큼의 소득이 생기는 것도 아닌데다 농사에 소요되는 비용이 만만찮다. 초기 몇년 간은 농기계구입, 재료비용, 인건비 등 지속적인 투자가 이루어져야 하므로 빈손으로 귀농할 생각은 꿈꾸지 마라. 귀촌을 한다 하더라도 매월 고정 지출비용이 있다. 수입이 없는 상황에서 이같은 비용이 사전에 마련되지 않으면 귀촌은 오히려 불안한 생활이고 가난을 이고 사는 생활이 된다.

MESSAGE3 반드시 부부가 함께 가야 한다

공기 좋고 물 좋고 인심 좋다 할지라도 농촌생활은 나를 위해서 늘 시간을 내주는 친구가 없다. 현지인들의 경우 누워 있는 환자가 아닌 이상 나이 들어도 농삿일을 한다. 한가롭게 경로당만 지키는 이들은 보기 드물다. 이런 환경 속에서 혼자서 하는 일 없이 시간을 보낸다는 것은 감옥생활이나 다름없다. 함께 산책도 하고 야채도 가꾸면서 말동무가 되어주는 배우자가 반드시 필요하다. 건강면에서도 부부가 함께 생활해야만 좋은 점이 많은 게 사실이다.

MESSAGE4 과거를 버리고 현지 문화에 빨리 적응해라

'내가 대기업 간부였는데', '학교 교장으로 은퇴를 했는데'라는 생각을 버리지 못하고 귀농 귀촌생활을 한다면 1년도 버티지 못한다. 현지인들은 새로 이사 온 누군가가 스스로를 특별한 사람으로 군림하려고 한다면 등을 돌리기 마련이다. 나이 들어가면서 가장 중요한 것은 예전의 나를 버리고 평범한 한 사람으로 돌아가는 것이다. 학력, 나이, 직업 모든 것을 떠나서 누구에게나 편안하고 부담없는 모습을 보여줄 수 있어야 한다. 또 로마에 가면 로마법을 따르듯이 현지 주민들의 문화에 빨리 적응하는 것이 사람들과 융화를 한결 더 빠르게 해줄 것이다.

MESSAGE5 늦게 시작했으면 더디게 가라

직장에서도 입사선배에게 더 많은 기회가 주어지듯이 귀농 귀촌시에도 먼저 정착한 사람에게 더 많은 혜택이 주어지기 마련이다. 귀농 이력이 짧은 입장에서 이런 점을 무시하고 무작정 동등한 자격을 주장하게 되면 돌아오는 건 '욕심 많은 사람'으로 낙인찍히는 것 뿐이다.

귀농 귀촌하기 좋은 곳 베스트 6

인생의 절반쯤 왔을 때 꼭 해야 할 것들

❶ 강원도 양구 펀치볼
임대로 1~2만 평의 농지 경작 가능한 특별한 땅

해발 1,100m 이상의 산에 둘러싸인 분지로 여의도의 6배가 넘는 크기의 펀치볼 (해안분지)은 양구에서 승용차로 30여 분 소요되는 거리에 자리해 있으며, 북쪽은 휴전선 철책과 맞닿아 있다. 제4땅굴과 을지전망대가 눈앞에 있는 곳이다.

이곳은 6·25 전쟁 당시 치열한 전투가 일어났던 격전지로 당시 미군들 눈에 산의 모양이 화채그릇처럼 생겼다고 해서 펀치볼이라는 이름이 붙여졌다. 전체 토지의 80%는 국유지다. 농지는 정부에서 임대 형태로 농민들에게 농사를 지을 수 있도록 해주고 있다. 농지가 600만 평에 달하는 만큼 넓어서 이곳의 농가들에게는 1~2만 평의 농지 경작이 그리 특별한 일은 아니다.

1956년 휴전 후 난민정착사업의 일환인 재건촌 조성으로 100세대씩 입주시키며 농민들의 개척에 의해 마을의 틀이 만들어졌다. 해안면은 만대리, 현1, 2, 3리, 오유1, 2리의 여섯 개 리로 구성되어 있다. 450여 가구가 정착해 있다.

무시래기와 씨감자 재배지로 유명하지만 지형 특성상 태풍 피해가 없는데다 봄은 한 달 늦게 찾아오고 겨울은 한 달 일찍 온다. 이 같은 지형과 기후 특성으로 벼농사는 물론이고 고추와 인삼재배 농가도 많으며, 포도, 사과, 복숭아 등 과수를 재배하는 농가들도 적지 않다. 특히 펀치볼은 '시래기축제'로 유명하며, 다양한 특용작물과 농산물 재배가 가능한 것이 특징이다.

양구군 귀농 귀촌 종합 지원센터 : http://ygfarmlife.kr/

❷ 충북 보은
황토 특산물로 유명한 내륙의 청정지역

중부 내륙에 위치해 있으면서도 공업지대가 없어 자연 그대로의 환경이 잘 보존되어 있는 조용한 청정지역으로 통한다. 대표적인 관광지로 속리산과 법주사가 자리한 이곳은 지형 특성상 산지가 많은 데다 오색황토가 널리 분포되어 있는 땅이다.

청원 상주 간 고속도로로 수도권에서의 접근이 한결 빨라졌고, 최근 중부권의 요충지로 급부상하고 있는 대전, 청주와 인접해 있어 2012년의 경우 귀농귀촌 인구가 급증하여 한 해 동안 무려 423가구 631명이 정착한 것으로 나타났다. 군에서는 귀농·귀촌인을 유입하기 위해 역점적으로 추진하고 있는 정착자금 지원, 농기계 구입지원, 영농 및 생활자재 구입지원 등의 귀농·귀촌 지원 정책을 펼치고 있는 중이다.

이 지역이 자랑하는 천혜의 자원인 황토에는 다량의 탄산칼슘과 석영, 운모, 방해석과 같은 광물이 함유되어 있어 인체의 신진대사 및 혈액순환을 활성화시켜줌으로써 인체의 노화방지, 만성피로 등 각종 성인병 예방에 효과가 큰 것으로 잘 알려져 있다. 이에 따라 황토 땅에서 재배한 다양한 농산물과 황토제품이 인기를 얻고 있다.

지역 특산물로는 대추, 곶감, 사과 등이 유명하다.

보은군 농특산물 : http://ag.boeun.go.kr

❸ 경북 봉화
귀농 귀촌 활성화된 특산물 많은 곳

경북이지만 강원도에 가까운 봉화군은 산 좋고 물 맑은 전형적인 산촌이다. 동쪽으로 울진군과 영양군, 서쪽으로 영주시, 남쪽으로 안동시, 북쪽으로 강원도 영월군과 태백시, 삼척시와 접하고 있다. 북부·동부를 중심으로 한 군내에도 1,000m 이상의 고봉을 일으키는 여맥(餘脈)이 중첩하여 경상북도 제1의 산악군을 이루고 있어 지대가 높아 기온이 낮다. 일교차와 연교차가 심해 최근에는 사과를 비롯한 다양한 청정농산물이 재배된다.

경북 봉화는 귀농인구가 전국에서 손꼽히는 지역으로 알려졌을 만큼 산골로 들어가면 곳곳에 새로 지어진 전원농가주택들이 심심찮게 눈에 들어올 정도다. 지금까지 929가구 2,220명이 귀농 귀촌으로 이주해 온 것으로 알려진다.

이에 따라 귀농교육 실시는 물론이고 다양한 귀농지원이 이루어지고 있다. 봉화군은 귀농·귀촌 활성화를 위해 운영 중인 봉화전원생활학교는 3월부터 오는 10월까지 월 1회, 2박 3일 합숙과정으로 진행되고 있다. 귀농·귀촌에 대한 사전 정보와 지식을 전달하기 위한 강의와 농촌체험, 선도농가 견학 등 농업과 농촌에 대한 올바른 이해와 성공적인 귀농·귀촌을 준비하기 위한 다양한 내용으로 구성되어 있으며 좋은 호응을 얻고 있다. 또한 귀농상담 및 안내, 영농지도, 불편사항 해소 등 귀농에 도움을 주고자 귀농인 간사제를 운영하고 있다.

지역 특산물로는 사과, 고추, 친환경쌀, 송이, 한우, 고랭지 화훼 등이 유명하다.

봉화로의 귀농 : http://www.gobonghwa.com

봉화군농업기술센터 : http://farm.bonghwa.go.kr

❹ 전북 장수
귀농 귀촌인들의 커뮤니티 활성화된 지역

전라북도의 동부에 위치한 장수군은 경상남도 거창군·함양군과 도계를 이루고 있으며, 남쪽은 남원시, 서쪽은 임실군과 진안군, 북쪽은 무주군과 각각 접하고 있는 내륙의 전통적인 농촌지역이다.

장수읍을 비롯하여 산서면·번암면 등 1읍 6면을 관할하고 있는 장수군은 귀농 귀촌인들의 커뮤니티가 활성화된 지역으로 잘 알려져 있다. 이미 자리를 잡고 정착해 사는 귀농 선배들이 여럿 있어 다양한 정보를 제공해 준다. 귀농귀촌협의회를 중심으로 귀농인들의 모임이 활성화돼 있어서 회원가입을 하면 '귀농동지' 대우를 받으며, 농촌의 전형적 공동체 가치인 상부상조하는 분위기 속에서 외롭지 않게 지낼 수 있단다.

장수군이 농림수산식품부에서 주관한 2011년 도시민농촌유치지원사업 성과평가에서 전국 3위를 차지했다. 이 평가에서 군은 귀촌세대 중 귀농세대비율, 조례제정, 귀농귀촌자 자료수집 및 D/B구축, 도시민유치 홍보활동, 귀농자교육, 귀농멘토, 지자체장의 관심도 등에서 우수한 성적을 거둔 것으로 조사됐다. 대표농산물로는 사과, 한우가 유명하며, 다양한 농산물을 재배할 수 있다.

장수군 귀농 귀촌인 협의회 : http://cafe.daum.net/js-return/

❺ 강원도 영월

귀농 귀촌 가구 급증하고 있는 곳

영월군은 국도 38호선 4차로 확장으로 수도권과의 접근성이 좋아지면서 수도권에서 승용차로 2시간이면 도착할 수 있어 최근 귀농 귀촌 가구가 급증하고 있는 곳이다. 2010년 115가구, 2011년에는 360가구로 2010년보다 두 배 이상 늘었고, 지난해는 상반기까지만 182가구가 정착했다. 이에 따라 '2010~2012 전국 시군구별 귀농 귀촌 현황 자료' 에 따르면 영월군의 귀농 귀촌 가구가 강원도에서 가장 많았고, 전국에서는 두 번째다.

동강으로 유명한 영월은 동강, 서강, 주천강 등 아름다운 경치를 배경으로 형성된 마을이 많고 온대와 한대가 겹치는 기후로 사과, 포도, 잡곡, 산채 등 다양한 작물을 재배할 수 있는 환경도 귀농 귀촌 적격지로서 각광받는 데 한 몫을 거들고 있다.

귀농 귀촌 가구가 급증하면서 군의 지원책도 다양해지고 있다. 특산물로는 청결미, 토마토, 고추, 버섯, 포도, 더덕, 취나물 등이 있으며, 최근에는 사과를 재배하는 농가들도 늘고 있다.

영월군 농업기술센터 : http://www.ywa.go.kr/

❻ 전북 진안

생태여행의 중심지로 각광받고 있는 고원지대

통영 대전 중부고속고로를 달리다 보면 두 암봉으로 된 산이 손에 잡힐 듯 빼어난 장관으로 마이산이 나타난다. 이곳이 남한 유일의 고원지대인 진안군이다. 최근 들어 생태여행의 중심지로 각광받고 있는 진안은 전북의 동부산악권에 위치하고 있는 해발고도 300~500m의 청정지역으로 각종 산나물과 더덕, 인삼, 고추, 감, 사과 등의 농특산품이 풍부한 농촌이다. 특히 전국 생산량의 18%를 차지하는 인삼으로 만든 홍삼은 진안을 힐링의 고장으로 부각시킨 선두주자로 일교차가 큰 진안은 인삼 조직이 치밀해 홍삼을 만드는 6년 근 생산의 최적지로 꼽힌다.

도시생활에 지친 사람들을 위한 치유의 공간으로도 거듭나고 있는 전북 진안군은 산림사업 추진으로 '전국 제1의 생태건강 산림자원'을 조성한다는 계획이다. 이에 따라 2013년 큰 나무 가꾸기 등 2940ha의 숲가꾸기를 통해 경제림 육성과 산림자원의 질적 개선을 도모할 방침이다.

귀농 귀촌 인구를 위해서는 2007년부터 '생태건축학교'를 열어 빈집 수리·집 짓기·구들 놓기 강좌를 열고 있으며, 저렴한 비용으로 빈집에 머물면서 귀농 계획을 세우도록 배려한다. 농산물로는 인삼, 고추, 사과, 배, 포도, 멜론, 오미자, 고구마, 감자 등이 유명하다.

진안군뿌리협회 : http://www.jinanmaeul.com/2009/02_refarm/frame.asp